もふもふを知らなかったら人生の半分は無駄にしていた
vol. 8

ルー
「ルーディス・メウ・カルネウス」という真名《まな》を持つ神獣の人間形態。
ユータ
日本の田舎から異世界に転生した少年。領主であるカロルスに助けられ、ロクサレン家の子どもとして生活している。

主な登場人物
謎の少年？
ユータの前に現れた見知らぬ子。思い込みが強く、怒りっぽい。ユータを知っているようだが……？
シロ
ユータによって召喚された白銀の犬(？)。優しい性格で、ハンバーグが大好物。
チュー助(忠助)
短剣に宿った下級精霊。ユータの魔力を勝手に使って具現化したものの、ユータが変な想像をしたせいでねずみの姿になった。

CONTENTS

もふもふを知らなかったら人生の半分は無駄にしていた

vol. 8

ひつじのはね

イラスト
戸部淑

1章　海人の里とお姫様

「――おばちゃんありがと！　今度美味《うま》いもん持ってくぜ！　ユータが！」

タクトは広場から駆け戻ってくるなり、そのままの勢いでオレたちを掴《つか》み、かっ攫《さら》うように走り出す。

「わわ、どこ行くの？」

「こっちだってよ！　飯《めし》が美味くて安い宿！」

花祭りのあと、オレたちは本日の宿選びに難渋《なんじゅう》していたところだ。彼はどうやら早々に情報収集を終えたらしい。にっと笑った人好きのする笑顔と社交性は、タクトの一番強い武器かもしれないね。

引っ張ってこられたのは、大きな貝で装飾された青い扉の宿だった。そっと扉を押すと、カランカランと重そうなベルが鳴る。カウンターの奥からは、トタトタと人の来る気配がした。

やってきたお姉さんは、客が子どもだけと見て、ちょっと戸惑った様子だ。だけど少年冒険者も少なくはないこの世界のこと、すぐにニッコリとスマイルを浮かべる。

「小さなお客さん、いらっしゃい！　部屋は空いてるわよ！　2人同室でいいわね？」

——2人？　顔を見合わせて笑いを堪《こら》える2人に、首を傾げたオレはハッと気が付いた。

「あの、オレ！　います！　ここ‼」

ぴょんぴょん跳んで大きく手を振ったオレに、宿屋のお姉さんがビクッと飛び上がった。

「きゃっ？　あらら、ごめんね。小さいぼうやもいたのね。弟さん？　かわいいわ」

お姉さんはわざわざカウンターを回って出てくると、そっとオレを抱き上げたのだった。

「——なんでオレばっかり……タクトたちだって子どもなのに」

ようやく抱っこから解放されたオレは大いにむくれつつ、部屋の扉を開けた。

「オレこっちー！」

さっそく窓際のベッドに飛び込んだタクトが、高らかに宣言する。

「じゃあ僕こっち～」

「じゃあ……って、オレのベッドないよ⁉」

どう見てもベッドは2つ。そ知らぬ顔のラキと、ニヤニヤ顔のタクトを交互に眺《なが》める。

「ちゃんとさっき言ってたぞ？　この宿は3つベッドがある部屋はないってさ！　弟は兄ちゃんの横で寝たらいいんじゃねえ？　それで、お前ってどっちの弟？」

頬杖《ほおづえ》をついたタクトのニヤニヤが深くなる。オレは無表情になると、さっと片手を上げた。

「……ラピス部隊！」

オレの声に、ぽぽぽっとラピス部隊が出現した。にわかにタクトが慌《あわ》て出す。

「えっ？　ちょ……」

「突撃ーー!!」

「「「きゅーっ！」」」

びしり！　と指さすと、小さな瞳《ひとみ》が一斉にキッ！　とタクトを見据えて突進する。

「お、おわーーっ！　待てっ！　俺が悪かった！」

ぼぼぼぼぼぼふっ！　間断なく統率された波状しっぽアタックに、タクトが部屋中を逃げ惑った。

「「「──ごめんなさい」」」

「君たち、今日はお客さん少ないからいいけど。怖い人もいるんだから、大人しくね？」

……怒られちゃった……。

「僕は何もしてないのに～。僕ら、立派な冒険者なんだからね～！」

反省……面目次第もありません。そりゃあ宿の一室でどったんばったんしてたら怒られるに決まってる。次からはシールドを張ってやろう。

「ユータはどうせ布団持ってきたでしょ～？　まさか、ベッドは持ってきてないよね～？」

「あ！　そっか、持ってきてるよ！　ほらこれ！」

ラキの瞳がちょっと細くなった。確かに言われた気はする。余計なものは置いていけと……。で、でも役に立ったでしょう？　余計じゃないよ！　人前では出さなかったし……ね？

「なあ、早く飯食いに行こうぜ！　おばちゃんオススメの宿だから楽しみだ！」

「さ、賛成！」

ここぞとばかりにベッドから飛び降りると、オレはそそくさとラキの視線から逃れた。

そわそわと夕食を待つ間に、食堂には他の客が増え始めた。大人は大抵外で呑《の》んでくるのに、既にこうして席が埋まるところを見るに、やはり食事目当てでこの宿を選んでいる人も多いのだろう。

なんだか、こうして料理が出てくるのを待っているのって久々な気がする。

「はい！　今日は白ワイン煮だよ！」

カウンターにいたお姉さんが、今度は配膳《はいぜん》係としてテキパキと働いている。運ばれてきたのは、白身魚の白ワイン煮。ふわっと漂うのは、ハーブとニンニクっぽい食欲をそそる繊細《せんさい》な香り。あとは貝のスープと、ドン！　とカゴに盛られた平べったいパン。

「お、結構美味いぞ！　肉には負けるけど、まあまあ美味い！」

「ホントだ～！　あの潮《しお》の匂いの料理だったら嫌だなと思った～。貝はいらないけど～」

ラキがせっせと貝をタクトの皿に入れている。オレもさっそく口に含むと、広がるのは幾重にも編まれた複雑な香り。味自体はあっさりしているけど、香りが怒涛《どとう》のように押し寄せて、白身の淡泊さなんてかけらも感じない。こういった複雑なハーブの香りはオレには作れないから、お店でしか味わえない料理だ。しっかりと煮込まれた魚はほろりと柔らかく、カトラリーがスプーンしかついていなかった理由が分かった。

「ああ美味しい！　この宿にしてよかった！」

零《こぼ》れた言葉に、タクトは2枚目のパンを齧《かじ》りながら、ニッと親指を立てて笑った。


「いいお天気だね！　海で遊ぶにはピッタリだね」

宿で気持ちよく眠ったオレたちは、翌朝、街の散策をしつつ海へと向かった。

道すがら商店街を覗《のぞ》くと、ハイカリクとは違った品揃《ぞろ》えにあちこちと目が引かれる。特に鱗《うろこ》素材は陸上生活のトカゲと違って美しいものが多く、芸術品のようだ。

「きれいだね！　何の鱗なんだろう」

「これはお魚系だね、地元の職人は上手だな～。鱗ってクセがあるから加工難しいよ～」

ラキが職人の目になって真剣に眺めている。きらきらした鱗を見ていたら、ふとオレも鱗を持っていたことを思い出した。

「ねえラキ、もらったものだけど、この鱗って何かに使えるの？」

「これ……えーっとユータ、これって誰からもらったの～？」

「ナギさんだよ」

ラキはそうじゃないと言いたげにオレを見て、鱗に視線を戻した。光の加減で青や緑、紫に変化する美しい鱗――ナギさんの鱗だ。

「これってさ～、僕……海人《うみびと》の鱗のような気がするんだけど～」

「そうだよ？　ナギさんからもらったんだもの」

「だからナギさんって誰～!?　鱗は加工しにくいって言ったでしょ～？　でも海人の鱗は、ヒト由来だからとても扱いやすいんだよ～！　見てほら、するする魔力が通る！」

どうやら海人の鱗は加工のしやすさと美しさから人気が高いらしい。けれど、魔物の素材みたいに海人から鱗をひっぺがすわけにはいかないから、入手経路が限られているそうな。

「海人と交流している街でしか手に入らないから、結構貴重なんだよ～！」

美しい鱗を眺めていると、凛々《りり》しい微笑みが脳裏《のうり》をよぎった。ナギさん、どうしてるかな？　せっかく海に来たんだから、２人にもナギさんを紹介できたらいいな。

港まで来ると、朝の漁から帰ってきたらしい人たちが、額《ひたい》に汗して働いていた。作業を眺めるのも面白かったけど、港には当然ながら遊べる場所はなさそうだ。

――あっちの方に砂浜があるの！　人もいないしあっちで遊ぶの！

急《せ》かされるままについていくと、岩場に囲まれたごく小さな砂浜が現れた。この辺りの沖合は浅くなっているので魔物がほとんど上がってこず、海水浴にもってこいだ。

「ひゃっほうー！　冷てーっ！」

「ウォウッ！」

『行くぜ！　海が俺様を呼んでいる！』

さっそくシロ（とチュー助）とタクトが海に突撃していった。タクトは一応ズボンの裾《すそ》と袖《そで》はまくっているけど、頭までずぶ濡れのそれに意味はあるのだろうか……。

「冷たい〜！　タクト寒くないの〜？　僕あんまり泳いだことないんだ〜」

「浅いから平気だろ！　冷たくて気持ちいいぞ！　モモ、エビビ出してもいい？」

『仕方ないわね……どうぞ』

タクトはモモの言葉が分からないはずだけど、フィーリングで会話が成立している。ぽわんとシールドに包まれたエビビが楽しそうに（？）海面に浮かんだ。なんだかエビビはちょっと大きくなったような気がするんだけど、召喚獣《しょうかんじゅう》って成長するのかな？

ラキは砂浜にしゃがみ込み、どうやら素材探しに熱が入り出したようだ。どこかじじくさいティアは相変わらずの砂風呂でご満悦だし、ラピス部隊は沖の方へ行ってしまった。

『スオー、ここにいる』

蘇芳《すおう》は濡れたくないらしい。オレの頭にひしっとしがみついて海面を覗き込んでいた。オレはこそっと波打ち際の岩場まで行くと、土魔法で周囲を囲って貝殻《かいがら》を取り出した。魔力を通せば、あの時と同じく、魔法陣にナギさんが映し出される。

「ユータ、久しいナ。ヌシはちっともワレを頼らん。今日はどうした？」

長い髪をポニーテールにしたナギさんが、微笑んで魔法陣から出てきた。ぱしゃりと体半分海に浸《つ》けているけれど、長い髪はさらさらとなびいていた。今日はどうやら陸地にいたらしい。

「あれっ？　ナギさん、言葉が……」

「オウ、気付いたカ？　話すのが上手くなったロウ？」

ふふん、と得意げに胸をそらした。オレと話すため、以前はサボっていた発音の練習を頑張ってくれているそうだ。かなり聞き取りにくかった言葉が、随分滑《なめ》らかになっている。

「それで、ドウしたのだ？」

「あのね、オレ冒険者になったんだよ！　それでね、依頼でここまで来たんだけど、友達……パーティの仲間もいるから、紹介したいなと思って」

「そのナリで冒険者と……。ユータの仲間か、それなら是非《ぜひ》トモ紹介にあずかロウ」

鷹揚《おうよう》に微笑んだナギさんに、ホッと笑った。

「ナギさん、他の人に見られたらダメかと思ってこの壁を作っておいたの。ここに呼ぶ？」

「ウム、呼びつけてすまナイが」

尾ひれをぱしゃんと振ったナギさんに、オレは待っててね、と言い置いて飛び出した。

「えっ？　海人に会えるの～⁉　ここで～？　どういうこと～⁉」

「俺、海人に会うの初めてだ！」

２人を連れてくると、いつの間にか髪を下ろしたナギさんがこちらをじっと見つめていた。

「わざわざすまぬナ、ワレと会っているのはあまり知られぬ方がヨイ。ワレはナギ。ユータに救われて命を繋《つな》いだ。ユータの友はワレの友、よろしくタノム」

フッと微笑む美しい瞳には油断なく力が込められ、やっぱり戦士のそれだ。美人だけど、それよりもカッコイイの方がしっくりくる。

「うわぁ、本当に海人だ！　はじめまして、俺タクト！　すげーきれいな人だな！　強そうだ」

「わ、わ、わぁ～本物の海人……きれいな鱗～！　あ、その、ぼ、僕ラキって言います～」

わたわたと挨拶《あいさつ》する２人に、ナギさんは瞳の光を和《やわ》らげて優しい微笑みを作った。

「フハッ……やはり、ユータの友だナ、良き男たちだ」

ぐいと身を乗り出したナギさんが２人の頭を撫《な》で、すらりと伸びた腕にシャラシャラと連なったブレスレットが滑った。間近で微笑まれた２人が、ストレートな賛辞に頬を赤らめる。

「ナギさん、オレも？」

「フハハッ、ソウとも、ヌシは美しき良き男だ」

大きな口で笑ったナギさんは、肩を叩《たた》いて真正面から視線を合わせた。なぜだろう、自信と威厳に溢《あふ》れた強い瞳に見つめられると、まるで王様に認められたように光栄な気分になる。

「あ、あのさ、ナギさん？　その、しっぽを触ってもいい……？」

タクトがそっと窺《うかが》うようにナギさんを見つめると、ラキもきらきらと瞳に期待を込めた。きれいだもんねぇ、あの大きな尾ひれ。つるつるした輝く鱗も触ってみたいよね。

「フッ、良いゾ。ただし、おなごの肌ト忘れるなよ？」

ちょっと悪戯《いたずら》っぽい目で2人を見たナギさんが、ぐっと腕に力を込めて体を岩上へ上げた。しなやかな曲線を描く美しい肢体がさらされ、ナギさんの言葉と相まって2人が真っ赤になった。流れる髪が背中や腕に絡みつき、滴《したた》る雫《しずく》も相まって完成された絵のようだ。

「あ、えっと！　その、ごめんなさい！　お、俺そんなつもりじゃ……」

視線を逸《そ》らしてしどろもどろする2人に、ナギさんは大口を開けて笑った。

「フハッ……悪かっタ。からかいが過ぎたカ？　愛らしいものダ」

長い指がついと順に2人の顎《あご》を持ち上げ、品定めするように目を細めた。どう見ても美女だけど、なんだろうか、この漂うイケメン感。ナギさんって男女どっちにもモテそうだ。

「そうだ、ナギさん、前に言ってた調味料見つかったんだよ！　探してくれてありがとう」

「ソウか、それは良かっタ。ワレは料理が分からんが、ワレの里にもマダ珍しいものはあるだろウ。命の恩を返せぬままは心苦シイ。海人の里にも来てもらいたいものダ」

「えっ、海人の里に行けるの～？」

ラキが驚いてナギさんを見つめた。命の恩なんて……回復魔法かけただけなのに。この至宝の貝までもらっちゃったし、何より昆布と鰹節《かつおぶし》！　これは何物にも代えがたい報酬《ほうしゅう》だと思う！

「オウ、興味があるか？　来るがいいとも、ワレが案内しよウ」

「うわーすげえ！　海人の里だって！　行きたい！　行こうぜ！」

タクトが飛び上がってオレを振り返る。行くって……今から!?

「そんな急に？　それはナギさんも困っちゃうよ。今も急に呼び出しちゃったし」

「フハッ！　そんなことを気にしていたのカ、構わヌ、ヌシたちが来られるならすぐにでも。ユータは無理にでも連れていかねば来てはくれぬからナ。良い機会ダ、攫っていこうカ？」

ナギさんが力づくか？　なんて不穏なことを言う。タクトは今すぐ行こうと騒ぐし、ラキは素材の宝庫に想いを馳《は》せてきらきらしているし、行くことは決定しているようだ。

だけどさすがに今からは突然すぎる。今日の分の宿代も払っちゃったので、とりあえず明日宿を出てからにしようってことでまとまった。

「海人の里に行ける奴らなんてほとんどいないんだぞ！　ユータ、お前ってすげえな！」

「でも交流はあるんでしょう？　普通には行けないの？」

「行けないんだよ、認められた人しか～。だって海人の鱗とか色々珍しいものがあるからね～。冒険者なんて特に危ないってことで、なかなか入れてはもらえないんだよ～」

そうか……海人を傷つけてでも鱗を取ろうとする人がいるかもしれないもんね。ちなみに海人の里といっても海中ってわけでもない。海人はお魚みたいにずっと水中で過ごすわけじゃないから、基本的に水面に出ている建造物と水中が半々くらいだって。

「水中活動の道具を買わないといけないね～」

「水着とか？」

「なんでだよ、魔道具だろ？　もし水中戦闘になったら溺《おぼ》れちまうからな」

ああ、教科書に載《の》ってた気がする。まだ習ってないのに、タクトってそういうところはよく見ているんだから……。確か水中での呼吸用に咥《くわ》えて使う、手のひら大の魔道具だったはず。

「港町だから、水中活動の魔道具は絶対あると思うよ～」

新たな冒険の道具を探しに、オレたちはワクワクしながら魔道具屋さんに飛び込んだ。

「あ、これじゃねえ？　うわ、高っ！」

タクトが示したのは確かに水中呼吸の魔道具だ。そもそも安いとは思っていなかったけど、せっかく貯まってきたオレたちのパーティ貯金が底を尽きそうだ。

「でも仕方ないよ～。変なお店で変なものを買って、もし使えなかったら死んじゃうし～」

「うん……買えないわけじゃないもんね」

上を目指す冒険者ならいずれ必要だもの、無駄《むだ》にはならないはずだ。

魔道具店のおじさんは、大金を出したオレたちに少し驚いたあと、心配そうな顔をした。

「大丈夫です～。念のために買うだけで、水中探索とかじゃないから～」

「そうか、それならいいが……ところでお前さんたち防水は済ませたのか？　向かいの店でしてくれんならちょっとサービスしとくぜ！」

「あ、忘れてた～！」

どうやら向かいのお店はおじさんの娘さんが経営しているそう。割引券をもらったので、素直にそこで防水の魔法をかけてもらった。そうしないと、装備が悪くなったりするんだって。

「はい、装備はこれで全部？　これなら安く済ませられるわよ～」

店内の魔法陣に剣や革鎧《かわよろい》なんかを載せ、お姉さんが長い詠唱《えいしょう》をした。ふわっと光って防水完了らしい。なら服ごと防水すれば、と思ったけれど、水分を吸収しやすいものは難しいそう。

「よーし、これで準備完璧だな！」

「うん、多分大丈夫かな～」

指折り不足がないか考えて、ふと思い当たった。

「ナギさんにお礼も兼ねて何か持っていきたいな！　さっきの浜でお料理してもいい？」

「お、何作るんだ？　俺も食う！」

ナギさんたち用だからね！　オレたちは宿の夕食があるんだから。ナギさんは以前美味しいって食べてくれたから、海人もオレたちと味覚にそう差はないはず。なんせ昆布と鰹節のあるお里だもん、やっぱりそれを使ったお料理がいいのかな？　だけど、日常的に食べているものを出されても嬉《うれ》しくないよね。逡巡《しゅんじゅん》しながら手持ちの素材を鑑《かんが》みて計画を練っていく。

「よし、じゃあ作ろうかな！　ラピス部隊、おねがい！」

「「「「きゅっ！」」」」

さあ行くよっ！　キッチン展開！　みんな、フルスロットルで暗くなる前に作り終えるよ！

『チュー助、隔離完了よ』

『スオーもお手伝いする』

ラピス部隊はそこらの料理人顔負けの成長っぷりだ。以心伝心、簡単な指示で完璧に補助をこなしてくれる。蘇芳は……とりあえずポテトチップ用のお芋《いも》を洗ってもらおう。タライの横にぺたんと座り込んで、ちゃっぱちゃっぱと洗う姿は真剣そのものだ。楽しそうに見えるのか、ティアも蘇芳の頭に乗って覗き込んでいる。

「火の守部隊！　右から順番にとろ火、ぐつぐつ、揚げ物、オーブン準備！」

次々作業を進め、蘇芳を振り返る。そろそろお芋をスライスして――。

ちゃっぱちゃっぱちゃっぱ――。ひたむきに、ただひたすらに。向き合う姿はまるで職人。

「あの、蘇芳……もういいよ？　もうピッカピカだよ……？」

『スオー、まだ洗う。まだこのくぼみが……』

す、蘇芳……。芋洗いから離れない蘇芳をどうにかこうにか説得し、ひと通りの準備と流れを終えると、ふうっと額の汗をぬぐった。こんなに色々いっぺんにできるって素晴らしい。1人でレストランができるかもしれない。これぞ召喚士や従魔術士の真骨頂だよね。


「よしっ！　行くぜっ海人の里！」

「「おおーっ！」」

翌朝、オレたちはさっそく昨日の浜辺へと向かった。あの貝を使えば室内でも呼べるのだろうけど、ナギさんを完全な陸地に呼ぶのは気が引ける。

「ナギさん、おはよう！」

「オウ、おはよう」

「わぁ！　ナギさん、きれいだね！」

ナギさんは普段から肩も腹筋も晒《さら》す布地の少ない衣装だけど、今日は普段より少し布面積が広くてきらびやかだ。海人の伝統的な衣装なのだろうか、装飾が多くお姫様とも王子様ともつかない中性的な衣装は、凛々《りり》しいナギさんにとてもよく似合っていた。

「ソウか？　ありがとう。ヌシたちが来るからトクベツだ」

フッと微笑んだナギさんが、オレの持つ貝殻に手を添えて一人一人に目を合わせた。

「他の者も楽しみにしていル。向かっても良いか？」

「「はい！」」

ナギさんが魔力を通すと、再び魔法陣が現れる。揺らめきが収まったところで、スッとくぐるようにナギさんが通り抜けて、向こう側で手を振った。オレは普段から転移に慣れているし、ダンジョンの転移も経験したけれど、２人はたいそう緊張した様子だ。

「オレが先に行く？」

「い、いや、置いてかれるのも怖い！　行くぞ！」

「えっ？　ちょ、僕まだ――わあぁ～!!」

タクトがラキの手を掴《つか》んだまま魔法陣に飛び込んだ。続いてオレも魔法陣をくぐる。

「なんで引っ張るの～！　僕は僕のタイミングで行くんだから～！」

「いいじゃねえか、早かったろ？」

怒るラキにしれっと答えるタクト。オレはくすくす笑って視線を外すと、言葉を失った。

「どうだ、美しいだロウ？　海人の里はなかなか良イ場所なのだぞ」

周囲は一面のアクアブルーに覆われて、聞こえるのはチャプチャプと心地よい水音と鳥の声。海底にかかる光と影まで見える、透き通った海。そこへ、白一色の建造物が水に浸かるように建っていた。木でも石でもない不思議な材質は、よく見ると珊瑚《さんご》のかけらみたいに小さな穴がたくさん空いていて、ひやりと硬い。時折寄せる波に、ジワジワと染み込むような音がした。きらめく光の網がそこかしこの建物に映し出され、オレたちの頬や瞳にも、光が揺れていた。

靴は、脱いでおこう。この美しい場所に、泥の跡を残したくない。

「行こうカ、この辺りは海人しかおらぬからナ、これに乗るとイイ」

さすが海人の里と言うべきか、建物はあれど道らしい道がない。申し訳程度に飛び石のようなものが設置してあるくらいだ。

「わ、わあ！　ナギさんそれ何!?」

船でもあるのかと振り返ってみると、海に飛び込んだナギさんが押してきたのは――白くてふわふわした……雲!?

「わ！　フロートマフだ～！　初めて見た～！」

「珍しいカ？　さあ、乗るがイイ」

乗れるの!?　雲に!?　オレは興奮して声も出ない。どうやらこれは浮き草っていう植物の一種らしく、水に浸けると水面に浮き、空中では一定の高さにふわふわと浮かぶらしい。

促されるまま、手こぎボートほどの大きさのそれにそうっと足を乗せる。じゅわじゅわと濡れた苔《こけ》を踏むような感触と共に、フロートマフはオレの足を受け止めた。底の方はじわっと海水が染みているけど、それ以上に染み込んでくることもなく安定している。

「うわ、うわわ……ほわほわする」

「ひゃっほう！」

不安定な足場にひっくり返りそうになっていると、あろうことかタクトが飛び込んできた。

フロートマフは一気に跳《は》ね上がり、オレはトランポリンよろしく見事に一回転して吹っ飛んだ。

「おっと」

海中へ放り出される寸前、ナギさんの強い腕が片手でキャッチして支えてくれる。

「フハッ、元気だな。少し濡れるが座っていロ。その装備ならスグ乾く」

ぎりぎりとタクトの両頬を引っ張ってから、３人でそうっと座った。確かに濡れちゃうけど、ふにゃふにゃとした独特の感触はとても楽しい。雲だ……本当に雲に座ってる！　２人は元々浮き草を知っているからそうでもないけど、オレはひとり大興奮だ。

「さあ、ゆくゾ！」

ナギさんは楽しそうに宣言すると、ぐいぐいとフロートマフを押して泳ぎ始めた。

「うわあ……すごい！　ナギさん早い！」

みるみるうちに景色が通り過ぎていき、ちらほらと海人たちの人影が見え始めると、皆こちらを見ている気がする。中には指さして追いかけようとしているような……？

「あ、あのナギさん？　さっきの人、ナギさんを呼んでいたんじゃない？」

「チッ、わざわざ人通りのないところを選んだというに……ヨシ、スピードを上げるゾ」

「えっ？　ナギさん待って……俺もう無理かもおぉぉぉーー」

タクトの悲痛な叫び声が後ろへ尾を引いて流れていった。オレはラピスラフティングの経験があるから、この程度朝飯前だよ！　なんて自慢にもならないけど、ナギさん操縦《そうじゅう》のフロートマフは、街中をスライダーのごとく猛スピードで駆け抜けていった。

「…………」

タクトの目がすっかり光を失った頃、ようやくフロートマフが止まった。相変わらずどこもかしこも白い建物だけど、ここには建物同士を繋ぐように同じく真っ白な通路がある。さっきまでは海中に建物が建っている、って感じだったけど、ここは海上の都市と言える様相だ。

ようやく揺れない地面に足を下ろしたオレたちは、ふらふらと座り込んだ。

「ナギさん～ひどいよ～！」

「タクト、回復するよ」

声もなく横たわったタクトを回復すると、ついでにオレとラキも回復しておいた。

「助かった……ユータ、お前は俺の心の友だ……」

どこぞのガキ大将みたいなことを言って、タクトが立ち上がって首を巡《めぐ》らせる。

「うわーあれ、海人のお城？　すげえ！　俺たちお城が見えるとこに来ちゃった！」

海上都市から少し離れた場所に、大きなドーム状の建物が見える。あれが海人のお城！　都市部分からは、すっと伸びた広い白亜の道が繋がっていた。

「この辺りは海人以外ももてなすからナ、陸地があるのダ」

「でも、海人は陸地だと不便じゃないの？」

そう尋《たず》ねると、ナギさんはフッと笑って小さな粒を取り出し、ピンっと指で弾いた。

「あっ？　わあ！　すごい！」

それは空中でぽんっと弾けて座布団2枚分ほどのフロートマフになった。目の前でふわふわ浮かぶ白い雲に、魔法みたい！　と言いかけて、魔法が普通にある世界だったと思いとどまる。

「海人は普段からこうしているからナ、別段不便でもないぞ」

一度ぐっと姿勢を下げたナギさんが、ドッ！　と水中から飛び上がった。きらきらした水しぶきと装飾が輝いて、そのシルエットは息を飲むほど美しい。きれいな放物線を描いて、ばふっと見事にフロートマフに着地すると、それはほとんど沈み込むこともなくナギさんを受け止めていた。

その時、海上都市の方から兵隊っぽい格好の海人が駆けて……いや、フロートマフに乗って空中を泳ぐように大急ぎで近づいてきた。

「ナギ様！　お待ち下さい〜！」

「チッ……さあ、行こうカ」

「ま、待って待って！　明らかにナギさんを呼んでるよ!?」

「構わぬ。うるさいからナ、行くゾ」

オレたちの背に手を添えて、さっさと歩き（？）出そうとするナギさん。い、いいの……？

「いいことありません！　ナギ様！　きちんとお出迎えの準備をしておりましたのに!!」

オレの心の声に応えるように、ふうふうと息を吐《つ》いた兵隊さん？　が前へ回り込んだ。

「ナギ様！　はしたのうございます！　移動の手助けなど、我らが致します！」

「ヌシらが関わると大事になる。面倒ダ。ワレが手伝った方が早い」

「当たり前です！　姫にお目通りいただくなど、大事に決まっているでしょうが！　それをあなたは使用人のようにフロートを押してくるなど……」

「「ひ、姫!?」」

始まった説教に、ナギさんが鼻の頭に皺《しわ》を寄せて目をすがめ、不機嫌な獣《けもの》のようになった。

「な、ナギさんってお姫様だったの？　戦う人だとばっかり……」

「オウ、ワレは戦士だぞ。姫などただの役職ダ」

オレの呟《つぶや》きに、ナギさんは輝く笑顔で振り返った。

「ナギ様！　役職は戦士の方でしょう！　姫があなたの立場ですよ！」

「ソウは言っても第3王女なぞ何の役にも立たぬ。ワレは誇りある兵士長でよい」

ナギさんはお姫様だけど兵士長もやっているの!?　それを聞いた兵隊さん？　は、胃の痛そうな顔でハの字眉になった。鎧を着込んでいるから兵隊さんだと思ったけど、口ぶりからして結構上の立場の人なのかな？

「あの、勝手に来てしまってごめんなさい。ユータと申します」

ぺこりと頭を下げると、ラキたちも慌てて頭を下げた。

「ああ！　いえいえ、違うのです！　ナギ様の行動が問題なのであって、あなた方に何も謝るところはないのですよ！　お見苦しいところを……すみません！」

慌ててぶんぶん両手を振った兵隊さんが、気付いて兜《かぶと》を取った。水色の短い髪がサラサラと零れて、優しげな色白の面《おもて》を縁取る。オレたちの基準で言うと25～30代くらいだろうか？　海人ってみんなナギさんみたいに褐色《かっしょく》の肌なのかと思っていたけれど、どうやらこの破天荒なお姫様がこんがり日焼けしているだけのようだ。

「お初にお目にかかります。ナギ様の恩人であり、国宝『マレイス』を授《さず》けて下さった神子《みこ》殿。大変失礼を致しました、私は小大臣ウナと申します。ご友人方もどうぞお見知りおき下さい」

深々と頭を下げられて、今度はオレたちが慌てて手をぶんぶんする。

「ええ！　そんなすごいことは何も……マレイスって？　神子？　だ、大臣様⁉　えっと、そのっ……海人のマナーとか知らなくて！　すみません！」

「そんな、とんでもございません！　小大臣は大臣ではございませんよ、ナギ様のお世話係のようなものです。傍若無人《ぼうじゃくぶじん》な振る舞いなどされますまい、マナーなどお気になさらず！」

お互い手をぶんぶんして、いえいえ、まあまあなんてやってると、ナギさんが痺《しび》れを切らしたらしい。がしっとウナさんの首根っこを掴み、引きずるように城の方へ進み出した。

「ちょ、ナギ様！　ちょっと！　客人の前で！　ああ、引っ張らないでー！」

「やはりヌシが関わると長い！　これ以上留《とど》まって人が増えたらかなわヌ、ユータ、行こうカ」

ぺこぺこする哀れなウナさん……。まだ若そうなのに苦労しているんだろうなぁ。暴れる大人の男性にびくともしないナギさんって、やっぱり姫じゃなくって王子様なんじゃゃ……。

促されるままに城に入ると、ナギさんの先導で人目を避けて隠れるように、豪華な一室に辿《たど》り着いた。あの、これって普通、侵入って言わない……？　さすがに全く見つからないってわけにはいかなかったけど、途中出会う兵士さんは、ナギさんの「しぃっ！」に無言で頷《うなず》いて目を逸らしていた。さすが兵士長。ちなみにウナさんはナギさんの腕の中でぐったりしている。

「ねえ、僕たち、不法侵入になったりしないよね〜」

「姫様がいるんだから大丈夫じゃねえ？　俺、こんなきれいなとこ初めてだ」

真っ白なお城の中は、シンプルで神殿のような印象だ。金の装飾が上品に施され、細い廊下と広い水路で形成されている。どうやらその水路の中、足下の水中にも城は続いており、水面に出た部分が一部であることを窺わせた。装飾は最小限だけれど、水中を回り込んだ光が水路から室内を照らし、刻々と変化する青はどんな装飾よりも美しかった。

「ワレの部屋だ。ここなら寛《くつろ》げるだろウ」

促されるままに扉に手をかけそうになって、慌てて手を引いた。

「で、でもナギさんのお部屋って、つまりお姫様の部屋でしょ⁉」

「構わぬ。姫ではない、兵士長だ」

いやそっちもダメだと思うんですけどー！　救いを求めてウナさんを見たけど、力なく項垂《うなだ》れるだけで役に立ちそうにない。

「でもさっ！　俺たち男だぞ！　女の子の部屋に入っちゃいけないんだぞ！」

あ、そうか！　オレたち全員男だもん、ナギさんのお部屋に入るのは大問題だよ！

と、一瞬キョトンとしたナギさんが、くるっと後ろを向いて堪えきれずに盛大に吹き出した。姫様にあるまじき大爆笑に、今度はオレたちがキョトンとする。

「そ、そうであったナ、それはすまナイ」

ややあって声を震《ふる》わせながら向き直ると、ちょっぴりむくれたタクトに近づいた。トン、と片手を壁につき、タクトを壁と自分の間に閉じ込めると、ぐっとかがんで顔を寄せる。さらりと滑った長い髪が、ひと束タクトの肩にかかった。ナギさんの影にすっぽり覆われたタクトは、あまりの至近距離にすっかり固まってしまっている。

「ヌシは良き男だ……フム、――――？」

耳元で何か囁《ささや》かれて、タクトが沸騰《ふっとう》しそうなほど真っ赤になった。

「な、な、ナギ様っ⁉　何をっ！」

「フハッ！　まだ年端《としは》もいかぬ子どもではないカ、愛らしいものだ」

ウナさんに引っ張られて引き離されたナギさんは、腕組みして大笑いしている。そんなウナさんの顔も真っ赤だ。ナギさんよりウナさんの方が年上だと思うんだけど、からかいがいのある人なんだなと……頭の片隅を白髪に赤い瞳の彼がよぎった。

「タクト……？　大丈夫？　ナギさんなんて言ったの？」

呆《ほう》けたタクトを揺すっていると、廊下の向こうからナギさんを呼ぶ複数の声がした。

「ホラ、つべこべ言わず入るがイイ」

ガッとオレたちの首根っこを掴んだナギさんが、豪華な扉を開けるやいなや放り込んだ。

「なんで私もぉ～っ⁉」

ついでと言わんばかりに放り込まれたウナさんと共に、オレたちは見事に大きなベッドへ着地。素早く扉を閉めたナギさんも、ギシッとベッドに腰掛けた。

「ナギさんどうし――」

「しいっ！」

顔を寄せたナギさんは唇に人差し指を当て、そっと扉の方を窺った。

「――ナギ様～？　いらっしゃったと思ったのに……」

「お声がした気がするのだけど……」

華々しい声が扉の前を通り過ぎていくと、ナギさんが安堵《あんど》したように身を起こした。

「行ったナ……」

「あの人たちはナギさんを探してるんじゃない？　どうして隠れるの？」

「ウム、あれらは悪い者ではないのだが……面倒でナ」

困った顔でソファへ移ったナギさんが、悠々《ゆうゆう》と体を横たえて肘《ひじ》をついた。

「ナギ様、お行儀が悪いですよ。ナギ様はとても人気がおありなので、あまり地上側へいると皆に取り囲まれてしまうのですよ。それを嫌って水中で訓練と戦闘ばかりするもので、我らも困っているのです」

「良いではないカ、防衛の役に立っておろう」

ナギさんはひらひら、と尾ひれを振ってあっけらかんとした様子だ。

「よくありません！　それで命を落とすところだったのでしょう！」

「里は守ったロウ？」

「そうですが！　あなたも生きていなくては意味がありません！」

熱く訴えるウナさんなのに、当のナギさんはどこ吹く風だ。

「ナゼだ？　ワレがいなくても困らぬ。兵士長に代わりはおるし、姫もまだ2人おるだロウ。このようなはねっ返りがいても役には立たぬゾ」

「何をおっしゃるのです！　『ナギ様』に代わりはおりません！　あのように人気者ではないですか。……引く手数多《あまた》ではないですか……」

少し尻すぼみになった言葉に、スッといぶかるようにナギさんの目が細くなった。

「だが、ヌシだって言うではないか。そのように荒くれ男のような発音では嘆《なげ》かわしいと……」

「そ、それは！　ナギ様のためを思って……」

しおらしい仕草で目を伏せたナギさんを見て、ウナさんがぎゅっと拳《こぶし》を握った。

「ワレは荒っぽくて力も強い。戦う腕は随一だが、それでは女に人気が出てモ、男に喜ばれぬものよ。なァ、ヌシだってそう思うだロウ？」

「そんなことはありません！　凛々しく気高いお姿は皆の憧れの的です！　私だって誰よりナギ様を……ッ!?」

力一杯言い切ろうとした台詞《せりふ》に、ウナさんがハッとして自分の口を押さえた。

「ン？　ワレを……？　なんだ？」

ニヤニヤ笑いを堪え切れなくなったナギさんが、頬杖をついてじいっとウナさんを覗き込んだ。ウナさんは、さっきのタクトを超える勢いでみるみる真っ赤になってプルプルしている。

「だ、誰より……知ってるんですぅーーー！」

潤んだ瞳できびすを返すと、ばぁん！　と扉を開けて飛び出していってしまった。なんだか尾ひれの付け根まで赤くなっている気がする。大丈夫？　泣いてない？

「フハッ！　ソウきたか。それは違いナイ」

楽しそうに笑うナギさんは上機嫌だ。高貴で品があると思っていたけど、一歩心の内に入り込んでみればこんなにお茶目な人だったんだ。気を許してくれているってことだろうか？　それはなんだか野生の獣に認められたようで、誇らしい。

「さて、ウナがいなくなったからナ……どうしたものカ。ワレが案内できるのは水中くらいダ」

いないのはナギさんがいじわるするからでしょう。どうやらナギさんは本当に地上……水上？　部分に長居したくないらしい。人気者なのも大変だね……。

「いい！　水の中で！　俺ら、水中装備持ってきたんだぜ！　行きたい！」

オレたちに水中は無理だと思っていたらしいナギさんは、とても嬉しそうな顔をした。

2章　海の戦闘

「ヨシ、水中用の装備は大丈夫カ？」

咥えるタイプの水中呼吸の魔道具は、どうやら転移の魔法を上手く利用しているらしい。片方のピースを地上に置いておけば、その場所の空気を送ってくれる仕組みだ。結構魔石を消費するので、数時間で魔石交換の必要があるんだって。

「……今のうちだ、行くゾ」

オレたちは水中呼吸の魔道具を咥えてみて、頷いた。ナギさんの先導に従ってコソコソ部屋を出ると、廊下脇の水路からそっと体を沈めた。

耳元でコポポ、と泡の音がする。腕に纏《まと》わりついて浮上する泡は、クリスタルの装飾みたいだ。

(う、わあ……!!)

オレは思わず歓声を上げ、ゴバッと口いっぱいに塩辛《から》い水を含んでしまった。慌てて魔道具を咥え直し、もどかしく呼吸を整える。目に映る光景が信じられない。瞳を閉じて大きく息を吸い込むと、ゆっくりとまぶたを上げ、もう一度周囲を見回した。

(なんて……すごい……)

海底まで届いた光の柱が、うっすら青い世界を神秘的に彩っている。海面からの光を存分に浴び、煌《きら》めく建物は想像していたより深く、海底まで続いていた。ここは、本当に城だった。そうか、さっきオレたちがいたドーム状の建物は、城のてっぺんだったのか。

(オレ、飛んでる……!!)

城の上に漂うオレは、まさに空を飛んでいる。水深は10メートル程度だろうか。上も下も、右も左も全部水。柔らかな水に包み込まれ、ゆらゆら飛んでいる。眩《まばゆ》く白い城には、浮かぶオレたちの影が映し出されていた。

「どうだ、美しいだろう。これが海人の世界だ」

あまりの感動に言葉を失っていると、静かな世界にナギさんの声が響いた。ふわふわと長い髪を広げ、鱗を虹色に煌めかせたナギさんは、オレたちを振り返って得意げに微笑んだ。

『本当に……美しいって思うよ。ナギさん、連れてきてくれてありがとう――』

水中装備で会話まではできない。でも、念話ならきっと伝わると思って……。案の定、少し驚いた表情のナギさんが、さもありなんといった顔をする。

「ふむ、さすがは神子。念話もできるのだな」

『どうして神子って呼ぶの？　それは何？』

「知らぬか？　ぬしの側《そば》に神獣《しんじゅう》がいたであろう？　神獣に認められし者を、我らは神子と呼ぶ」

側に？　ああ、ラピスのことかな？　どうやら海人の神獣の区別は曖昧《あいまい》なようだ。『知恵ある強く賢き獣』が神獣らしいので、なんならシロやモモだって入りそうだ。

と、ぐいぐいと揺さぶられて目をやると、タクトが言葉よりも雄弁に表情で語っていた。

『ごめんごめん！　オレ念話で話してたの。早く行こうって言うんでしょ？』

大きく頷いたタクトに苦笑して、ナギさんと顔を見合わせた。

「では、行こうか！　ラキ、我の手を取れ」

一番泳ぎに慣れないラキは、じたばたと細かい泡をたくさん作りながら、なんとかナギさんと手を繋いだ。そして、少し不思議そうな顔でナギさんを見つめる。

「ん？　どうした……ああ、我の声が不思議か？」

口元を指すラキに、ナギさんが頷いた。確かにナギさんの声はしっかりと水中でも聞こえる。でも、海人だからじゃないの？　ラキは、そうではないともどかしそうだ。

「海人は水中での発声が可能だからな……うん……？　ああ、発音か？　フハッ！　そうだな、ぬしらは我の声が聞き取りにくかったのであろう？　我は概《おおむ》ね水中におるからな、発音が水中寄りなのだ。どうだ？　ここならきちんと聞こえるであろう？」

そうだったの！　そういえばナギさん以外の海人たちは、普通に言葉を聞き取れていた。もしかしてそれが荒くれの発音って言ってたやつ……？

「そうだ。水中ばかりで生活するのは兵士や荒くればかりだからな！　普通の民は概ね水上で暮らしておろう？　位の高い者ならなおさらだ」

確かに、水中にいる海人は兵士ばかり。だから、ウナさんはナギさんの発音を直そうと一生懸命なんだね。姫様がそれではさすがに困るだろうってオレでも思う。

そろそろ痺れを切らしたタクトが勝手に行動しそうなので、オレたちはナギさんに導かれてゆっくりと降下を始めた。空からゆっくり地上へ降り立つみたい。もしくは、宇宙にいるような。少しずつ増す圧迫感は、水中装備が和らげてくれる。

「ナギ様！　お疲れ様です、こちら異常ありません！」

少し緊張気味の若い兵士さんが、ナギさんの姿を認めてびしりと胸に拳を当てた。

「おう、ご苦労。皆会いたがっていたろう？　これがユータたちだ」

「こ、こんなに幼い子だったのですね⁉　なんだぁ。ナギ様があんなに気にされるから……。……はっ！　お目にかかれて光栄です！　どうぞ、ごゆるりとお過ごし下さい！」

兵士さんは、オレたちを見てあからさまにホッと胸を撫で下ろし、満面の笑みを向けた。なぜかムッとするのは気のせいだろうか。

「幼くとも戦士だぞ。だから、この辺りを見て回るのも楽しかろうと思ってな」

「せ、戦士……ですか？」

首を傾げる兵士さんに別れを告げ、オレたちはあちこちの兵士さんに挨拶されながら、城壁の周辺を案内してもらった。まるで小鳥のように小魚が舞い、犬猫みたいに大きな魚が現れる。水中で見るお魚は落ち着き払っていて、普段見慣れた逃げ惑うお魚と全く違って見えた。

「ちょっとー！　皆さん！　どうしてこんなところにいるんですかぁ！　危ないですよ！　ナギ様、お客人を危険な場所へ連れていかないで下さい！」

眩い水面の方から、一直線にやってきた海人。言わずと知れたウナさんは、もう立ち直ったらしい。海底まで一気に下りてきて、きらきら全身から細かな泡を浮き上がらせた。

「ナギ様、昼食はどうするのです？　ユータ様はお料理が好きだからとおっしゃっていたじゃないですか！」

昼食、という言葉にオレたちのお腹が反応を示す。そうか、もうそろそろお昼なんだな。まだまだ遊びたい。遊びたいけど、昼食の魅力に逆らうことはできない！

「ああ、もうそんな時間か。……!!」

スッとナギさんの目が細くなる。オレは素早くラキの手を取って後ろへ下がった。タクトは剣を抜いたはいいものの、バランスを崩してぐるりとひっくり返っている。

「フッ……さすがだな」

ナギさんが肩越しに笑った。それはもう、完全に兵士長の顔だ。

「え、魔物、ですか!?　皆さん、ご心配なく！　ここの兵士は慣れておりますから！」

ナギさんがさりげなくウナさんの前に回り、腰の収納袋から槍《やり》を取り出した。オレが水の魔石から作った、あの槍だ。

「水中戦闘は慣れがいる。ここは海人の戦闘を見ておくといい」

ナギさんはちらりとこちらを振り返って口の端を上げた。どうやら海の城で魔物の襲来は日常茶飯事《さはんじ》みたい。続々と集まってくる兵士さんの顔に、驚きはない。

「み、皆さん、私の後ろへ！」

「ぬしも、我の後ろにいろ」

前へ出ようとするウナさんを慣れた仕草で背後へ押しやると、水の槍を一振りした。魔力を通したのだろうか？　それとも水中のせいだろうか？　海の一部のようなその槍からは、内から溢れんばかりの力を感じた。

(槍が、喜んでるみたい。海で、ナギさんと一緒にいられること……喜んでるみたい)

それはオレが作った時の槍と、明らかに違う存在になっているような気がする。

「来たぞぉー！　配置につけ！　チェテストードだ！」

海の魔物の気配は初めてだ。水中では、とても狭い範囲しかレーダーを使えないみたい。だけど、それでも分かるほどに大きな何かが近づいてくる。レーダーなんてなくても、海の気配が変わっていくのが分かる。徐々に水圧が増してくるような圧迫感――。

「ゴボッ……」

思わず声を上げそうになったタクトが、慌てて魔道具を押さえた。岩場の向こうから悠々と近づくのは、その岩場よりも大きな影。遠近感がおかしくなったような錯覚《さっかく》を覚えるほどの巨体。鯨《くじら》……に近いだろうか？　ただ、ゴツゴツとした外皮は非常に硬そうだ。

「こ、これが、チェテストード‼　だ、大丈夫、皆さん、大丈夫です！　あれは大きいですが、積極的に襲ってはきません！　通り道にあるものを食っていくだけです。さあ、城の方へ！」

後ろに追いやられ、ぎゅっとオレたちを抱きしめたウナさんの震えが伝わってくる。タクトの目が、「その通り道に俺たちいるんですけど？」って言いたげだ。

怖い。徐々に、海底に巨大な影が広がっていく。静かに、ただゆっくりと近づいてくる山のような姿は、水中でより大きく見え、本能的な恐怖が湧《わ》き上がってくる。恐ろしい姿をしているわけでも、殺気があるわけでもない。でも、ただそこにいるだけで感じる……畏怖《いふ》。

「……行こうか、マレイス」

囁くように静かな声に、ウナさんの震えがピタリと止まった。兵士長は、ふわりと髪をなびかせ、なんの気負いもなく前へと進み出る。

「ナ、ナギ様っ！　私も……」

「フハッ、ぬしはそこでユータらを抑えていろ。心配はいらぬ」

慌てて立ち上がったウナさんへ肩越しに視線をやると、ナギさんはふっと表情を和らげた。

その姿は自信と力に満ちていて――ふと、カロルス様みたいだな、と思った。

気圧されるように留まったウナさんを置いて、ナギさんはすいっと城壁の上まで浮上した。

「ナギ様だ！」「ナギ様の技が見られるぞ!!」

どちらかと言うと、兵士さんたちはワクワクしているように見える。完全に見物モードになっているけど、あんな巨大な魔物相手にナギさんひとり？　彼らは戦わないいんだろうか。

ピィン……

まるで琴を弾いたような、不思議な波動が伝わってハッとする。

ピィン……ピィン………

徐々に強くなる波動は、ナギさんから。視界いっぱいに迫る魔物を見据え、くるくると槍を回し、複雑な軌道を描いて振る。それはまるで武道の型のような、剣舞に近いような動き。それに伴い、槍からははち切れそうなエネルギーが膨《ふく》れ上がってくる。

「すまぬな、ここはぬしが通っていい場所では……ない！」

やがてナギさん自身も内から輝くような光を放ったかと思うと、魚雷《ぎょらい》のように飛び出した。

巨大な口に、まさに飲み込まれんばかりの位置。ウナさんがオレをぎゅっと強く抱きしめた。

「はあっ！」

飛び出した勢いのままに、槍と踊るような裂帛《れっぱく》の突き。途端、ドオッ、とお腹の底まで貫くような波動が広がる。辺りに海鳴りのような音が響くと、ナギさんの周囲がぶわっと歪み、傍《はた》目《め》に分かるほどの猛烈な水流となった。

オオオオーーン……

突如発生した膨大な水流はまともにチェテストードに激突し、あの巨体がきりもみするようにみるみる押し流されていく。

「うむ。マレイス、ご苦労だったな」

労《いたわ》るようにそっと槍に手を這わせると、ナギさんはくるりとこちらへ振り返って手を振った。わっと兵士さんたちから歓声が上がる。ナギ様ー！　なんて、うちわを振りそうな勢いだ。

さすがに兵士さんは取り囲んだりしないけれど、きらきらした目で見つめる様子を見ていると、そりゃあ地上なら追いかけ回されるわけだと思った。

「いらぬ心配であったろう？」

戻ってきたナギさんは、ウナさんの顔を覗き込んで、ふふんと口の端を上げた。得意げな姿は、さっきまでの迫力が消えて随分幼くなったように見えた。

『ナギさん！　すごい!!　あれ何？　魔法？』

「うむ、あれが海人の槍術だ。海の魔物は馬鹿でかい種類が多くてな、海と共に戦わねば太刀打ちできぬのだ」

すごかろう？　なんて槍をくるくる回してポーズを取ってみせる。

『海と共に……海人はみんなあんなことができるの？　すごかった……大きな魔物なのに』

「あれは大人しい魔物でな、討伐せずともああして派手に驚かしてやればもう近づきはしないのだ。ふむ、皆槍術はたしなんでおるが、あの規模の技は皆ができるというわけではないな」

「(古今東西ナギ様以外にできてたまるかっての……！)」

「(できるわけないッス！　誤解を招くような言い方しないで欲しいッス)」

うん、周りの兵士さんのヒソヒソ声を聞く限り、あれはきっとカロルス様クラスの技だな。

さすがは兵士長――里一番の強者だ。


「ナギさんすっげー！　俺、あんな大きな魔物相手にどうしたらいいか、全然わかんねえ……」

興奮冷めやらぬ様子で、タクトがナギさんの周りをウロウロしながら話している。昼食の件もあるし、あれからすぐに浮上してきた次第だ。ウナさんは妙に大人しく俯《うつむ》いて、昼食がどうこう言いながらそそくさと行ってしまった。また尾ひれの付け根が赤かった気がする。

「ウム、慣れぬと、ヒトに水中での戦闘はムズカシイ」

「だってさ、体がふらふら落ち着かねえもん。剣抜いたらそっちに引っ張られちまう……」

「詠唱が必要な魔法だって使えないよね～？　そもそも魔法って水中で使えるの～？」

あ！　ホントだ。ラキは詠唱が必要な魔法が多いから、そもそも水中だと戦う術《すべ》を奪われてしまう。火の魔法とか、水中だとどうなるんだろ？　石をぶつけたって威力が減りそうだし、雷撃なんて放ったら共倒れにならない？

「水中でも使えるガ、選ぶ必要があるソウダ。魔素《まそ》がドウとか……ワレは詳しくないガ」

そうか、水中だと魔素が限られるんだね。だからナギさんたちの技も水に関連するのかな？

今回は本当にいい経験だ。この先水中での戦闘を行う機会があるかどうか分からないけど、この経験があるとないとでは雲泥《うんでい》の差だろう。タクトとラキも、黙って考え始めている。

――ラピスたちも、お水の中だと戦闘はムズカシイの。だから練習してるの。

『主《あるじ》ぃ、そもそも冒険者の基本として、水中戦闘を避けるのは鉄則だぞ！　何かで足場を作って水面に出るところからだ！　……って言ってたような』

チュー助の尻すぼみな助言も、もっともだ。船にしろ陸地にしろ、オレたちは何か足場がないと戦うのは難しいだろうな。

「――皆さん、お待たせ致しまし……怖い顔してどうしたのです？　お腹が空きましたか？」

ノックと共に入ってきたウナさんが、真剣な表情のオレたちにビックリした様子だ。

「フハッ、気にするな。小さくとも戦士ダ、頼もシイものよ」

「そうですか？　ああ、皆様こちらへどうぞ、お食事の準備が整いました」

おしょくじ！　オレたちの頭の中は、一気にお食事モードに切り替わった。

「ユータ様もご用意下さったと伺《うかが》いました。何か調理の必要はございますか？」

「ううん！　大丈夫、ウナさんとナギさんと、あと数人分はあるよ！」

にっこりすると、幼児の料理に少々不安そうにしつつ、ウナさんも微笑み返してくれた。

どどんと大きな扉の部屋に案内されると、豪華な内装に大きなテーブルがひとつ。給仕係の人はいるけど、オレたちが嫌がったから最低限にしてくれたみたい。背の高い子ども椅子が恥ずかしいけど、実際テーブルに届かないんだから仕方ない。抱っこして座らせてくれようとするのを固辞してよじ登ったら、色とりどりのお料理が目の前に並んでいた。

「わあ～！　きれいだね！　おいしそう！」

「何か分かんねえけどうまそう！」

「味が分からないから、ちょっと不安だけどね～」

並ぶ料理は見覚えのないものばかり。オーソドックスなお魚料理もあるけど、明らかにお肉に見えるものや、サラダっぽいものなんかもある。

「うまい！　これ魚じゃなくて肉だぞ！」

「この平たい丸いものはなに～？　歯応えがあっておいしいね～」

タクトはさっそくステーキっぽいものを頬ばり、ラキは手のひら大でオレンジ色の物体を切り分けて食べている。……それ、何？　なかなかチャレンジャーだ。

一口ずつ味見してみると、サイコロステーキみたいなものは、まさしくお肉。それも柔らかな豚肉みたいな感じだ。味は豚肉で食感はサシの入った牛肉かな？　舌の上でほどけていく、高級感溢れる柔らかさ。おいしくて、ついもうひとつ……。

「あれっ？」

同じものだと思って食べたら、今度はしっかりした歯応えの肉らしい肉だ。顎が喜ぶ、ガツガツと貪《むさぼ》る食感が堪《たま》らない！　味は同じだし、見た目も同じ肉に見えるのに……。

「ふふ、気付かれました？　アシジラは切り方で食感が変わるのだと、料理人の腕が見せられる食材だと言っておりましたよ」

切り方でこんなに変わるの!?　すごい、これぞ職人技だね！　プロにしかできないお料理だ。

どうやらアシジラっていうのは海獣みたいな魔物らしい。

海のたんぱく質は魚介類しかないと思っていたけど、海獣ならほ乳類だもの、海ではお肉も獲《と》れるんだね！

ところで、ラキが食べている不思議物体は何だろう。ただ円柱を輪切りにしたような薄い楕円形の物体。もしかしてかまぼこみたいな加工品なんだろうか？　ナイフを入れるとスッと切れるけれど、箸《はし》で切れるようなものではない。うーん、硬いこんにゃくみたいって言えばいいのかな。恐る恐る小さな一切れを口へ含むと、物体Xは冷んやりしているくらいで、特にこれといった味はしない。意を決して咀嚼《そしゃく》してみると……ぶわっと広がるうま味と甘味。コリコリした食感はアワビのようで、広がる甘味はホタテや甘エビのよう。

「おいしい、けど……。これなんだろ？　貝……？」

「ええっ⁉　これ貝なの〜？　おいしいと思ったのに〜！」

おいしかったならいいんじゃないの？　ラキが貝を好きじゃないのは、そもそも食べ慣れないってのが一因な気もする。ごくたまに学校の食堂で出てくるんだけれど、確かに学校で食べる貝は、おいしくはない。

「さすがユータ様ですね、それはイイバシラですよ。大人の腕ほどの細長い貝で、海底に潜っているんです。そのようにさっと湯がいて漬け込んだものは、大変美味なんですよ」

この大きさでその長さ！　ちょっぴりグロテスクかも。実物は見ないでおこう。

さて次は……と視線を走らせたところで、興味深いものがあった。もしかして、あの皿に並んでいるのは、魚のタタキみたいなものじゃないだろうか？　ほぼ生で魚を食べるなんていつぶりだろう！　でも、さらに興味を引いたのはその手前に盛られている、なんらかのすり下ろし。甘そうな桃色をしているけど、もしやあれって……。

「ねえタクト、そこのピンク色の何？　どんな味ー？」

「ん？　これか？　まだ食ってない！　どれ……」

あ。そんなたっぷりスプーンに取ったら……。

「「あっ……」」

ナギさんとウナさんのしまったっていう顔。やっぱり……？

「ん……ふぐおおぉぉぉ!?」

椅子から転げ落ちたタクトが、口を押さえてのたうち始めた。

「だ、大丈夫？　はい、はちみつレモン。回復回復～」

涙目で礼を言うタクトに、どういたしましてとにっこりしてみせる。

「ねえユータ～、どうしてはちみつレモン出したの～？　回復まで～？」

「えっ？　だって辛い時は甘いの飲んだらましになるかなって。舌もひりひりするでしょう？」

ふーん、とじっとり目のラキに、何かおかしなことを言ったろうかと首を傾げる。

「――へぇ。お前……これが辛いって知ってて俺に食わせた？」

あっ……！　しまった!?

「ち、ちがうの！　知らない！　ちょっとそうかもしれないって思っただけー！」

「ちょっとでもそう思うなら、食わせるなっつーの！」

桃色わさびを盛ったスプーンを持って追いかけてくるタクト、逃げるオレ。

パシュパシュッ！　逃げ惑ってると、頭に小さな衝撃が走って思わず足を止めた。じんとする部分に触れると、少々濡れている。

「お行儀悪いから～！」

「すげーじゃんラキ！　もう使いこなしてる感じ？」

いち早く駆け寄ったタクトが、嬉しそうに詰め寄った。

「へへ～、なかなかの精度でしょ？　練習してるからね～！」

「発動も早くない!?　もう無詠唱なの？」

オレたちを狙い撃ったのは、あの時教えた鉄砲みたいな砲撃魔法。今のところラキが使えるのは水と土だけなんだけど、精度は舌を巻くほどだ。移動に意識を割かなくていい時なんて、落ちてくる葉っぱに当てたりする。その辺りは職人の集中力のなせる技、だろうか。この魔法は消費魔力がかなり少ないので、いくらでも練習できるのもラキに向いているみたいだ。

「ほウ、ラキも、すごいのだナ！　なんと正確な魔法よ」

みんなに褒《ほ》められて、ラキは顔を赤くして食卓に向き直った。

再び席に着いたところで、ナギさんたちに料理を出していないことに気付いた。

「ねえナギさん、オレが作ってきた分、ここに出してもいい？　それともお夕食にする？」

「出してクレ！　楽しみにしていた。ウナにも食わせてやるゾ！」

満面の笑みを浮かべたナギさんに、作ってきてよかったとオレも嬉しく笑った。

「えっ、これをユータ様が……？　おひとりで!?」

「美味そうダ！」

次々現れるお料理に喜色満面のナギさんと、戸惑うウナさん。

「えっとね、これ、これがナギさんからもらった材料で作った、お吸い物だよ！」

「フウン？　あのようナ硬いものがどこに使われているのダ？」

「おだしだからね、昆布そのものは入ってないんだよ。えーと……味だけ出してるの」

ことんと首を傾げたナギさん、絶対分かってない。これはカロルス様と同じ、『まあ、食って美味けりゃそれでいいだろ』の顔だ。ウナさんも恐縮しながら席に着くと、お椀《わん》を手に取った。お吸い物はごくシンプルに、白身の魚を小さく切って皮目を炙《あぶ》ったものと、香草少々。透き通るおだしに、お魚のうま味と皮目の香ばしさがふわっと香る自慢の逸品だ。

「ウム……これはウマイ！」

さすがに振る舞いは上品だ。優雅に一口含んで目を閉じると、しみじみ呟いた。

「美味しい……ホッとする。なんでしょう、どこか懐かしい味。これを、ユータ様が？」

「うん！　オレ、国ではよくお料理してたんだよ！」

「それは……。すみません、随分ご苦労なさったのですね……」

どうやら幼いのに下働きでもさせられていたと勘違いされたらしい。悲しげに伏せられた瞳に、慌てて否定しておく。好きで！　今は好きでやってるから、大丈夫！

「これもウマイ！　ウム、これもダ！　良いな、ユータの料理はどれも安心スル」

「ああっ！　早いですよ！　ナギ様は大食ぃ……たくさん召し上がるんですから、先にこっちで腹を満たしておいて下さいよ！　私の――」

慌てたウナさんは、海人料理の皿をずいとナギさんの前へ押し出しながら、ハッと我に返った。こほん、と咳《せき》払いして澄ました顔を取り戻す。

「……失礼しました。ナギ様、貴重なお食事ですからこちらを先に食べ……ああ！　最後のひとつじゃないですかぁ！　ダメダメ！　それ、私食べてないんですから！」

お澄まし顔は、ものの数秒ともたなかった。ナギさんの腕を掴み、必死の抵抗をしている。

「仕方ないヤツめ。獲物《えもの》は自分で仕留めるのが鉄則だ。いつまでもおこぼれを狙うでナイぞ」

「そ……っ⁉」

反論しようとしたウナさんの口に、半分になっただし巻きが突っ込まれる。ナギさん……食べかけじゃなくて一切れあげよう？

「――わあ、美味しい！　卵なんですね！　これってどうなってるんです？　食感が変わってますね。それに見た目もとてもきれいです！」

「そうでしょう、これはオレも大好きな卵料理なんだ！　でも、おだしを入れた卵を焼きながらくるくる巻くだけなんだよ」

説明したものの、ウナさん、聞いてる？　ゆっくり味わいたいウナさんと、とにかくペースの早いナギさんの攻防が目まぐるしい。

「あっ、はい！　そうですね！　手間がかかっているんですね！　……ちょっと料理長を」

かかってないってば。後半は後ろに控えていた給仕さんへの台詞だ。会釈して退室した給仕さんは、しばらくするといかつい人魚さんを連れて戻ってきた。

「料理はいかがでしょう？　地上人のお口には合いますかどうか……」

どうもこの世界の料理長はいかつい人が多いのだろうか？　ゴツイ人魚ってなんだか新鮮だ。

「すげー美味い！　俺、海の中にこんな美味いものがあるって知らなかった！」

「美味しいです～！　僕、貝が好きじゃなかったけど、ここの貝は美味しい～！」

ほっぺをいっぱいにしながら幸せそうに即答した2人に、いかついお顔がちょっと緩《ゆる》んだ。

「すっごく美味しいです！　あのね、もしよかったら作り方とか……厨房《ちゅうぼう》とか見せてもらったらダメ？　あ、もちろんナイショのものは無理言わないから！」

「ふむ？　ナギ様が許可されるなら構いませんが……」

オレの訴えに困惑顔の料理長さんは、必死に皿を死守するウナさんに視線を走らせる。

「あ、ご苦労様です。こちらのユータ様は、調理の腕前も素晴らしくてですね、地上人の……いやユータ様の料理を知っていただきたくて！　そしてぜひまた作っていただきたく！」

「ほう……それは興味深い（へぇ……やるってのか？）」

ギラリと料理長の瞳が光った。オレの脳内で、勝手に台詞が変換される。

「お食事の方はもう満足されました？　ではこちらへ（おう、ちょっとツラ貸せや）」

脳内変換にぶんぶんと首を振る。違うよね？　ジフじゃないもん。顔が怖いからそう感じるだけだよね？　オレは迫力満点の笑顔に促されるままに、席を立ってトコトコ厨房の方へついていく。厨房の魅力には勝てないからね！

「ふむ、で？　そのちっこい体で何をするんだって？」

厨房についていったところで、くるりと振り向いた料理長さんがぐっと迫った。思わずたたらを踏んだ背中に、ガシャンとカートが当たる。

「わ……」

途端にガシリと胸ぐらを掴まれ、まるで食材を扱うように調理台の上へ押しつけられた。うわぁ……壁ドンならぬ、調理台ドン？　慣れた手つき、鋭い目……これってまさに調理される側目線だ。お魚はこんな気分なんだろうか。このままオレ、捌《さば》かれちゃうんじゃ――。

「……暴れるんじゃない」

ふっと眼光が和らいだ。火傷《やけど》の跡が方々に残る手が、オレをバシバシと叩く。

「刃物もあるんだぞ。厨房で暴れたら危ないだろうが」

なんだ……優しい人だった。乱暴だけど。オレは目を瞬《またた》かせ、ホッと力を抜いた。

「ご、ごめんなさい。もう大丈夫」

「ふむ、気を付けろ。お前、ちょうどいい大きさだな。はっはっは、若くて柔らかそうだし、食ったら美味そうだ。さっと炙るか……いや、ローストもいいな」

やっぱり食材扱いされてたー！　笑い事じゃないよ！　あの時の目、本気だったよ！　ここはガツンと言っておかなきゃいけない。

「オレは！　……マリネしてローストだと思う！」

「ほう……いいじゃねえか！　分かってんなお前！」

『そこはノっていくのね……』

モモの呆《あき》れた呟きを尻目に、オレたちはガシリと握手を交わし、料理話で盛り上がった。

「あいたっ！」

ぱしゅん！　とラキの水鉄砲が炸裂して、思わずおでこをさすって頬を膨らませた。

「もう、いきなり撃つことないでしょう！　なあに？」

「いきなりじゃねえっての。何回も呼んだって！」

そう？　話に夢中で全然聞こえてなかった。どうやら2人は、オレが作っていたはずのお菓子類が待ち切れずにやってきたらしい。あれからそんなに経ったかな。

「海人のデザートもあるって～！　さっきまで満腹だったけど、そろそろ食べたいよ～！」

「おお、もうそんなに時間が経っていたか！　すまんすまん、ナギ様に大目玉食らっちまう。ふむ、あとでその『テンプラ』の話、もう少し聞かせろよ！　菓子の話も追加だ！」

料理長さんはそう言い置くと、慌てて奥へと引っ込んでしまった。

「ユータと鍋底亭《なべぞこてい》のプレリィさん、あとあの料理長さんが集まったらどうなるんだろうね～」

「うわー魔物が来ても気付かなさそうだ。飯作ってから話し込んでもらわねえとな」

なんだかすごく馬鹿にされている気がするけど、タクトだって武器屋に行ったら返事しなくなるし、素材を触り出した時のラキなんて、オレよりひどいと思うけど!?

『主ぃ、そういうの、スライムはスライムを食わないって言うんだぞ！』

……同類ってこと？　どうやらオレの味方はいないらしい。

席に着いてほどなく、料理長のツナカン……じゃなかった、ツナカムさんと言うらしい。そのツナカムさんが大きなガラス製のボウルをワゴンに載せてやってきた。

「わあ！　きれい！」

ボウルには、この海のように淡い水色の液体が注がれ、大きいビー玉ほどの色とりどりの球体が揺れていた。雰囲気はフルーツポンチが近いかな？　きらきらつやつやと宝石のように輝いて、とってもキレイだ！

「このキラキラ丸いのはなあに？　スライムゼリー？」

「ふむ、似たようなものだ。アガーラっていう海藻の一種から作るもんで、水草から作るスライムゼリーとは、ちと食感と性質が違うな。食ってみろ」

それぞれの器に取り分けてもらったアガーラは、ころんと艶《つや》めいて本当にビー玉みたい。

『それ、食べてみたいわ！　きれい！』

『俺様も！』『スオーも！』『ぼくも！』

――足りないの！　ユータ、作り方を聞いて作ってほしいの！

光に透かしてうっとりしていたら、みんながいっせいに欲しがってオレの頭がパンクしそうだ。これの作り方は絶対聞いておかないとね……。

まずは黄色い玉を一粒スプーンですくって、ぱくりとお口へ。オレのちっちゃなお口には少し大きいけれど、よく冷えたつるつるの玉が心地いい。上品で深い香りとほのかな甘みに、弾力のあるむちっとした食感。葛《くず》とこんにゃくゼリーの間みたいな感じだ。ぷにむちっと噛《か》みしめる感覚が楽しい。ほころぶ頬を抑えて今度は桃色の一粒をすくい取る。

「あれ、味も香りも違う。これ、もしかして全部違うの？　すごくいい香り！　果物？」

「こんないい香りの果物ある～？　お腹いっぱいだったけどいくらでも食べちゃうね～！」

「これ、食後にいいいな！　腹減ってる時は物足りねえけど」

色とりどりの玉は、どれも味が違う。子ども向けのゼリーとは別物の、芳醇《ほうじゅん》な香りと食感だ。果物っぽいけどそれだけじゃなくて。どこかで知っているこの香り……。首を捻《ひね》りながらもぐもぐと味わって食べる。濃厚で、くらりとしそうな――。

「あ！　もしかしてリキュールみたいな……えーと、お酒が入ってる!?」

面白そうに見つめていたツナカムさんが、ニヤッと笑った。

「ふむ。さすがだな、ご名答だ」

「えっお酒～？　大丈夫なの～？」

「俺、酒飲んでるのか？」

不安そうなラキと嬉しそうなタクト。ううん、オレたちの分はアルコールを飛ばしてあると思うよ。でもナギさんが食べているのは別のボウルに入っていたから……。

「ふむ、大丈夫だ。こっちは子ども向け、ナギ様たちが召し上がっているのが大人向けだ。ナギ様は今回も酒精強めの仕上がりでございますが、いかがでしょう？」

ツナカムさんの言葉に、ナギさんが意味深な顔でニヤッと笑った。

「ウム、良いぞ。ワレはこのくらいが好みだ」

「あぁ、これナギ様向けだったんですね〜。どうりでいつもより甘くないと……。でも、僕もコレがいいなぁ。いい香りで美味しくってぇ……」

僕？　ウナさん、なんだかほやほやしている。優しげな瞳が半分になって、今にも閉じてしまいそうだ。もしかしなくても、酔っ払ってる？

「あの、ウナさん大丈夫？」

「ん〜大丈夫……？　なぁにがです？　いい気持ちですよー？」

えへ、と幸せそうなお顔はすっかり上気して、全然大丈夫じゃなさそう。そのうちスプーンがカランと音を立て、かくりと頭が落ちた。椅子から崩れ落ちる体を、頑丈な腕が支える。

「寝ちゃったの？　ウナさん、お酒弱いのかな？」

「酒は好きなのだが、弱いのだろうナ。喜んで飲むが、すぐこうナル」

ウナさんが幸せそうに夢の世界へ旅立ってしまったので、ナギさんの部屋で寝かせることになった。もちろん抱っこしていったのはナギさんだ。

「ツナカンさん！　あとでそのレシピ教えてね！」

「ふむ、お前の菓子のレシピもな！　あとツナカンじゃねえ、ツナカムだ！」

オレのお菓子は全てツナカムさんに預けておいた。あとでウナさんにも食べてもらいたいし、夕食のデザートにでも出してもらおう。

「えへ……ナギ様～」

ベッドへ横たえると、彼は気の抜ける笑顔で手を伸ばし、きゅっとナギさんを抱きしめた。

「ン？　どうした？　ヌシは寝ていろ」

フッと微笑んだナギさんは、ウナさんをベッドへ押しつけてお布団をぽんぽん、とやった。

じっとナギさんを見つめる瞳は徐々に閉じられ、すうすうと心地よい寝息が聞こえ始める。

「なんだか～、甘～いね～」

『甘々よっ！　いいわねぇ～。ちょっぴり逆な気がしなくもなくもなくも……』

なぜかラキの肩へ飛び出したモモが、みょんみょんと激しく伸び縮みしている。

「フフッ。全く、愛らしいと思わぬカ。子を持つ親とは、このような感情になるのであろうナ……。怒るのモ笑うのモ、おしなべテ愛おしいナ」

愛しげにウナさんを見やって微笑んだナギさんに、モモのみょんみょんがピタリと止まり、ラキが高速でナギさんを二度見した。

『な、なぜっ!?　違う……！　そうじゃないわ！』

「可哀想《かわいそう》なウナさん～。安らかに眠って～」

ウナさんの方が年上なのに、完全に子ども扱いだ。さすがに気の毒だと思う。

『主……そうじゃない』

ため息を吐いたチュー助の小さな手が、オレの頬をぺちぺちと叩いた。

「――さて、こやつが寝てしまったガ、どうスル？　ワレはあまり城内は案内できヌが……」

「もう十分見せてもらったよ！　そろそろお暇《いとま》しようかな？」

「ヌシらにも都合があろう。だが、ウナが起きるまでもう少し滞在してはもらえぬか？　寝ている間に帰したとあれば、数日は引きこもりそうダ。なに、酒は少量ダ、スグに起きる」

それもそうだ、ウナさんに黙って帰っちゃ失礼だね。

「じゃあさ！　俺また海に行きたい。水中の戦闘訓練したい！」

タクトの言葉に、兵士長は嬉しそうに精悍《せいかん》な笑みを浮かべた。


水中で剣を抜くと、どうしても剣の重量に引っ張られて体勢を崩してしまう。タクトは思い通りに動けないことに、イライラと泡を吐き出した。

オレたちはだだっ広い海底で訓練中。タクトが苦戦する一方、オレたちは水魔法なら普段より強力に使えることを発見した。ただしラキの場合、無詠唱でできるのは初級魔法のみなので、無詠唱強化が課題だ。あと、案の定火魔法は発動するかしないかで消えるので、花火のように水中でも使えるというわけではなさそうだ。同様に雷系はきっと周囲にも広がりそうなので、やめておいた。

「うむ、ヒトの体では難しいな。それもそのような小さなナリではな。水中では剣より槍の方が向くのだ。ぬしも槍の練習をするか？」

なんとか剣を抜いてもひっくり返らないようにはなったものの、それだけだ。悔しげなタクトにふと提案してみる。

『ねえタクト、魔法剣ならどう？　発動できそう？』

聞いてみたけれど、無念そうに首を振った。まだ発動の台詞なしではできないのかな？

『うーん、どれも無理そう？　タクト、水の魔法剣が最初にできたから、それならどう？』

しばらく首を捻ったタクトは、難しい顔で目を閉じ、集中しだした。

「――!!」

と、ハッと胸元を見下ろし、何かを確信したように頷いて再び目を閉じた。途端に周囲の水がざわめいたかと思うと、ぶわりとタクトの周囲が渦巻くように力に満ちた。

カッと目を開いたタクトが、オレを見てニヤリと笑う。

『すごい！　タクト、すごいよ！　水中で使ったらこんな風になるんだ！』

「おお、やるではないか！　ぬしは海人のように水と相性が良いな。そうだ、剣はそのままでは使えぬ。我の槍と同じだ、海を――水を纏え、水と共に戦え」

タクトは頷くと、そっと胸元に手を当てた。タクトの胸元に強く感じる力の輝き。

あの……それ、もしかして――エビビ？　オレの困惑顔に、タクトは渾身《こんしん》の得意顔で胸を張ってエビビを指した。俺のエビビ、すげーだろ！　そう言っているのが分かる。

『ええ？　まさか、エビビがサポートしてくれてるの？』

『さすが水生生物ね！　ってもうそれ、普通のエビじゃないでしょ……』

モモの若干諦《あきら》めたような呟きに深く頷いてしまう。エビビ、普通のエビじゃなかったの……？　やっぱり召喚されて出てきたから、普通ではなかったのかな？

『違うんじゃない？　あなたの生命魔法のせいじゃない？』

クラゲのように水中を漂うモモが、じっとりした視線を寄越した。え？　でも、だって。エビビの生命魔法水ってものすごく薄いよ？　違うよね……？

『主ぃ！　ちりも積もれば川となるって言うぞ！』

チュー助、ちりは積もっても川にはならないと思う。

「ふはっ！　面白いヤツだな！　どうなっているか知らぬが、いいぞ、その調子で全身に水を巡らせるように纏い、動きをサポートすると良い。あとは慣れだ！」

出来のよい生徒にナギさんの瞳が活き活きと輝いている。よし、オレも水中で何ができるか、色々試してみよう。

『──ねえゆうた、スライムって水中で呼吸できるのかしら？』

そもそもスライムって呼吸しているの？　ふよふよと漂うモモは、水中でも活動できることが判明している。ただ、油断するとクラゲのように浮いてしまうらしい。

オレは目下のところ、召喚で何かできることはないかと模索しているのだけど、召喚されて実体を持つ以上、当然呼吸は必要だ。シロは出てくるけどはしゃいで動き回るので、息を止めていられるのは30秒ほど、蘇芳には濡れるのが嫌だから出ないと言われた。

『お水の中で、普通に出てこられるのはモモだけだねぇ』

『そうね。でも、私が出てきてもあまり活躍はできないわよ？　シールドしか能がないもの』

水中で身を守ることができるっていうのはすごい能力だと思うよ？　それにこれだけ水中で自在に行動できるのは、もしかするとモモの前世が水生生物だったことも関係するのかもしれない。この分だと水中では召喚士のオレって攻撃面であんまり役に立たないみたい。守りに徹して、魔法使いのオレに頑張ってもらうしかないかな。ちなみに双剣のオレも動きが遅すぎて役に立たないし、チュー助自身は怖がって水中には出てこない。

ラピスもいないし、もしかして水中って結構ピンチ？　気を付けないといけないな……。

――大丈夫なの！　いざとなったら、ラピスが転移して一瞬でやっちゃうの！

ちょっぴり心細くなったオレの心に、地上でやきもきしているらしいラピスの声が響いた。

う、うん……。ありがたいけど、すごく不安。辺り一面沸騰したりなんて……。

「ん？　ちょうどいい、中型の魔物たちだ。タクト、行くぞ。ぬしらも腕試しに行こうか」

各自訓練に勤《いそ》しんでいたところ、少し離れた場所で魔物の気配があった。ナギさんは機敏に動けるようになったタクトを従えて飛び出した。待って待って！　オレたちはそんな早く動けないから！

『主ぃ、タクトみたいに水を纏ってナントカってできないの？』

うーん？　どうだろう？　水を纏うって感覚は分からないけど、そもそも周囲を水で包まれているんだから、その水を使って動きを補助すればいいのだろうか。

きゅっとラキの手を取ると、ラキがすごく不安そうな顔でこちらを見た。なんでそんな顔するの？　何しようとしているかバレ……分かったんだろうか？

『早く移動できるか、試してみるね！』

ぶんぶん！　と首を振るラキに構わずにっこり笑うと……3、2、1、ゴー!!

突撃するナギさんが魚雷みたいだったので、それをイメージしたのだけど……い、イメージが上手くいきすぎている！　これじゃ本当に魚雷だ！

『うわわわーー!?』

ラキを道連れに発射されたユータ砲は、驚くナギさんたちを追い越して、白く泡の尾を引きながら魔物の群れへ突っ込んでいった。

『もう！　シールド！』

ドドドーン！　水中に鈍い衝撃音が広がった。あー、痛……くはないけどビックリしたぁ。魔物も跳ねちゃったと思う。もうもうと巻き上げた海底の砂で周囲は何も見えないけど、シールドの中でオレの両ほっぺを引っ張るラキだけはよく見える。痛い、痛いよ！

『無茶するんじゃないのよ！　水中戦闘は気を付けなきゃいけないんでしょ！』

そうでした。シールドだって万能じゃないから、どのくらい耐えられるか分からないもの。

「ユータ、無事か？」

『うん、大丈夫！　魔物は？』

「ぬしが数匹倒してしまったが、まだ残っている。ユータの取り分はそれだけにしよう」

ナギさんはオレの心配より、魔物の群れが全滅してなくてホッとしているような気がする。

舞い上がる砂が落ち着いた頃、オレたちは6体の魔物と対峙していた。牛ほどの大きさで、やたらと口が大きな深海魚みたいな魚だ。水中ではより大きく、近くに見えて恐ろしい。

臆《おく》することなく前へ進み出たタクトが、ぽんぽんと胸元のエビビ水槽を叩いて剣を構えると、

まるで地上にいるようなスピードで群れへ接近、ヒュッと剣を振った。

『……あ！』

まだ間合いには早かったのに、それはまるで小規模ながらカロルス様の飛ぶ斬撃《ざんげき》みたいだ。数メートル先にいた魚は、まとめて2体、見事に切り裂かれていた。

『よし、良いぞ！　うまく伝えられている！　剣から水へ、力を移して広げるのだ！　もっと一撃に力を込めよ！』

手を出さずに見守るナギさんが、嬉しそうに槍を振り回した。

残った魔物は、無感動な目で獲物を見据えると、一斉に突進した。ひらりと真上へ身を躱《かわ》して瞬時に包囲網を脱し、タクトはザッと低く構えて力を溜め始めた。

『む……間に合わぬか』

魔物もさすが海の生き物、素早く方向転換するとすぐさまタクトへ向かってくる。これじゃ力を溜める時間なんてない。助けがいるかと槍を構えたナギさんを見て、タクトは低く構えたまま、ちらっとオレとラキを見た。視線を受けて、オレたちは頷く。

ラキの集中した静かな瞳が、迫りくる魔物を捉えた。シュン、という軽い音が幾度も連続して響くと、2体の魔物が明らかに体勢を崩した。オレも両手を突き出し、タイミングを計る。

『氷の矢！』

思ったより大きな矢……槍？　が魔物の横合いから出現すると、残りの2体をまとめて刺し貫いた。やるじゃん、と言いたげにニッと笑ったタクトに、オレたちもにこっと笑う。

次の瞬間、タクトからぶわり、と波を受けたような圧力を感じた。

ハッと視線を向けた時、既に剣は振り抜かれていた。戦闘なんてなかったように静かな海の中、浮かぶのは分断された4匹の魔物だけだった。

「……!!　見事！　素晴らしい才能だ。一歩も引かぬ勇気と信頼。恐れ入る」

ガッツポーズを取ったタクトは、すいっと滑るように近づいて、拳を突き出した。満面の笑みで拳を合わせるオレたちに、ナギさんが目を細めて微笑んだ。

「ぷはっ！　あーやっと話せる！　海の中で話せる魔道具ってねえの？　すげえ不便！」

「オレは話せるよ？　念話練習したらどう？」

水から上がった途端に魔道具を外して話し出すタクトに、クスッと笑った。タクトにとって話せないのはかなりの拷問《ごうもん》だよね。ちなみにオレは召喚獣たちで慣れているから、タクトたちが言葉として頭で発してくれれば、念話として聞き取れると思う。

「すごかったねえ～！　あれならタクトは水中の方が強いよね～！」

「それは褒め言葉じゃなくねえ……？」

ラキのにこにこした言葉に、タクトがちょっとガックリした。

訓練を終え、ナギさんのお部屋へ向かっていると、廊下の向こうから覚えのある声が響いてきた。泣きべそをかきそうな声と野太い声に、オレたちは思わず顔を見合わせる。

「でも……だって、誰もいないんです！　お客様の前で寝るなんて失礼をしたから……」

「その辺にいるでしょうや。あのチビとナギ様が、そんなことで腹を立てるわけねえでしょう」

ほどなく現れた体格差の大きな2人組は、案の定しょげ返ってとぼとぼ歩くウナさんと、のしのし尾ひれを振って歩くツナカムさんだ。

「お？　ほら、いるじゃねえですか」

「えっ……皆さん！　あぁ、どこへ行ってたんですかぁ！」

うわーんと駆け寄ってきたウナさん。ああ、この光景。迷子センターなんかでよく見る……。

「もう起きたカ。早かったナ」

「どうして置いていったんですか！　もう帰ってしまわれたのかと……」

「どうしても何も、ヌシは寝ていたロウ」

まあ、ウナさんが寝ちゃったのはナギさんがお酒入りのアガーラ食べさせたからだけどね。

言葉に詰まって顔を赤くするウナさんに代わって、ずいと進み出たツナカンさんがオレの首根っこを掴んだ。

「お前、あの菓子の作り方教えずに帰るなよ？　いなくなったって聞いてヒヤヒヤしたぞ」

「大丈夫だよ！　オレだってアガーラ知りたいし！」

ちょっと、足、足！　浮いてるから！　そんな気軽に掴み上げないで欲しい。

結局、疲れたし小腹が減ったとのことで、休憩がてらオレの持ってきたおやつを摘《つ》まみつつ、オレたちは思う存分レシピ交換すればいいってことになった。それだとオレだけ休憩できないんだけど……ま、まあいいか。レシピ知りたいし。

「ねえ、エビビとタクト、あれどうなってたの～？」

「さあな！　何をどうやったらいいか分かんなくてうんうん悩んでたらさ、ほわって胸があったかくなったんだよ。エビビが、自分に合わせてって言ったような気がしてさ！　エビビの気配に任せるようにしたんだよ」

レシピや材料を教わりながら、オレも気になっていた話に耳を傾ける。えー、エビが？　とは思うものの、エビビとタクトには、きっとオレとモモたちみたいに繋がりがあるんだね。

「ふうん？　そしたら水をまとえるようになったの～？」

「んーなんっつーか、エビビが感じることとか、エビビの感覚とか、そんなんが伝わってきて、やり方が分かったつうか、そんな感じだ！　海の生き物になった気分だったぞ！」

「そうなんだ～！　エビビは淡水エビだから海の生き物じゃないけどね～」

なるほど。オレも、モモが使えるからシールドを張れるようになった気がするし、召喚獣の能力と召喚士ってどこかで共通していたりするのかもしれないね。

「ナギ様！　これ、すっごいですね！　私幸せです～こんなに美味しいものがあるなんて！」

「フッ……そうか。ユータの作るものはなんでもウマイ。ホラ、これもやろう」

「えっ！　いいんですか！」

すっかり元気になったウナさんは、オレの持ってきたお菓子をたいそう気に入って、さっきからずっとちびちびと大切そうに食べ続けている。ナギさんは甘いものも食べるけど、がっつりした食事の方が好きそうだ。自分の皿からクッキーを摘まみ出してはウナさんに与えている。

差し出したクッキーに嬉しそうにぱくりと食いつく様子を眺め、目を細めるナギさん。

「どうしてだろうね～やってることは恋人みたいなのに、そうは見えないんだよね～」

「え、恋人？　俺には小動物の餌《えさ》やりに見えるぞ？」

うん、オレもそう思う。でも2人とも楽しそうだからいいんじゃないかな……。

「ダメです！　帰りはきちんとお送りしますよ！」

「面倒ナ……それほど遠くもナイであろウ」

そろそろお暇を、と別れを告げたところ、フロートマフでは絶対ダメらしい。渋々従ったナギさんが案内してくれたのは、屋内の船着き場みたいな場所だ。真っ白な床が突然途切れて水面に没している。そこに浮かぶのは、おとぎ話に出てきそうな乗り物だった。

「うわあ……これ何？　素敵な乗り物だね！」

ふわふわの雲の上にカボチャの馬車みたいなころんとした本体が据えられていて、なんだか空の上まで飛んでいけそうだ。

「これはフロートマフを使った水陸両用の……ええと、海人用の馬車みたいなものですよ」

「すげー！　カッコイイ！　これ乗っていいの？　やったあ！」

「でもこれ、どうやって動くの～？」

ラキの疑問に、うふふっと笑ったウナさんが、馬車に取りつけられたベルを鳴らした。カラン、という独特の音が響くと、どこからかくぐもった声が聞こえてくる。

「グエエ、グエエ」

「わあ～！　大きな鳥さん！」

妙な鳴き声と共に、ザバア！　と水面から顔を出したのは、電話ボックスほどの巨大な鳥さんだ。ぴょん、と水から飛び出すと、しぴぴっとお尻を振って水を飛ばした。ずんぐりしたアヒルとダチョウを混ぜたような姿をしている。続いてもう1羽飛び出し、2羽の巨大鳥がぺたぺたと馬車の前へ回った。鳥が水中にいるなんて不思議だ。

「もしかして、この鳥さんが馬車を引くの？」

「ソウだ。こう見えて、なかなか力があって賢いのだゾ」

ふわりと笑ったナギさんが首筋を撫でると、鳥さんはグエエ、と目を細めて頭を寄せた。

「オレも触っていい⁉」

「構わぬ。大人しいからナ、乱暴しなければ怖いことはナイ」

うわあ……近づいてみると、本当に見上げる大きさの巨体。オレの身長だと足の付け根にも届かないくらいだ。ちょこちょこと近寄ると、ぐっと頭を下げて不思議そうに首を傾げた。エピオルっていう幻獣《げんじゅう》だそうで、水中が得意だけど、陸上でも結構な速さで走れるそうだ。

「こんにちは、オレ、ユータだよ！　はじめまして。あのね、少し触らせてもらってもいい？」

言葉が通じるかは分からないけど、幻獣だったらある程度は分かるはず。エピオルはキョトキョトと首を動かしたあと、ズム……と座り込んだ。触ってもいいよってことかな？

満面の笑みでお礼を言うと、手が届くようになった首筋にそっと触れた。ひやりとした羽毛は、手のひらで触ると平面のようで、指を立てるとふわふわとした羽毛に埋もれていく。羽毛の表面にはきらきらと細かな水滴が珠《たま》になって光っていた。

「あったかいね」

外側は冷たいけど、羽毛の中はとてもホカホカだ。心地よさそうなエピオルは、触られるのが嫌いではないらしい。動物の毛並みはもちろん、ティアのふわふわ羽毛とも違う感触。部位によって触り心地が違うのも面白い。翼の部分はふわふわせず、しっかりと硬い感触がした。

「ユータ、鳥が寝そうだぞ！　そのくらいにして乗ってみようぜ！」

巨大な鳥さんに触れられるのが嬉しくてつい夢中になっていたら、タクトが痺れを切らしたらしい。エピオルもすっかり目を閉じてリラックスモードになっている。

「ユータはエピオルの扱いが上手いナ。良き御者《ぎょしゃ》になれるゾ」

御者かぁ……あんまり嬉しくないな。タクトは兵士になれるって言われていたのに。

馬車部分に乗り込むと、手綱《たづな》を装着したエピオルが早く行こうと言いたげに鳴いた。

ウナさんの合図で、短い翼をバサバサっと振った2羽が勇んで動き出した。滑るように動き出した馬車は、海に飛び込んだエピオルに続いて、わずかな振動と共に浸水する。

「あー、もっとあちこち行きたかったぜ！　戦闘できてよかったけどさ、時間足りねえよ」

「ホントだね～。きれいな街も、もっと見てみたいな～」

窓にぎゅうぎゅうに張りついて名残を惜しむオレたちに、ナギさんは嬉しそうに笑った。

「またいつでも来るとイイ！　ワレも今度は街を案内しようウ」

エピオル馬車はゆうらゆうらと時々揺れるくらいで、とても快適に海を進んでいく。逞《たくま》しい脚がしっかりと水を掻き、結構な速度だ。

「速いねぇ！　海面が近いよ！　見てみて、あんな遠くまでオレたちが通った跡が残ってる！」

エピオル馬車が通ったあとは海上に白い泡が広がって、まるで道のように後ろへ続いている。これを辿ったら海人の里まで戻れそうだね！

「でも、ここってどの辺りなの～？　僕たち、どのくらい海の上で過ごすの～？」

ちょっと不安そうなラキにハッとした。オレは転移で戻れるからあんまり気にしていなかったけど、そうだ、何日も航海を続けるのはちょっとしんどいよね……タクトが。

「ぎもぢわどぅい……まだ着かねえ……？　ユータ、ユータ来て……俺の側にいてくれ」

戦闘の時の勇ましさがかけらもない萎《しな》びたタクトが、病床のご老人のようにオレを呼ぶ。

「水の中は大丈夫なのにねぇ」

仕方なくタクトのおでこに手を当てると、ティアを交えてごく細く回路を繋いでおいた。

「あー……ああ、楽になった。俺の神！　離れるなよ？」

全く、天使なんだか神様なんだか。がっちりとオレを捕まえた腕にくすっと笑った。

「もうすぐ転移場にツク。そこからあの浜辺まで戻ればヨイ」

ナギさんが言うには、海人の転移魔法陣からあの浜辺まで行けるそう。どうやら浜辺に転移ポイントになる魔道具を設置してくれていたらしい。

「オレたちの国だと、転移の魔法陣って普通には使えないそうだけど、使っていいの？」

「もちろん海人の国でも普通には使えませんよ！　ナギ様だからです」

このフランクさについ忘れてしまうけど、ナギさんはオレたちの国のお姫様と同じ、雲の上の人だもんね。でも、そういえばオレ、ヴァンパイアの王様も友達だった。なんだか偉い人たちとお近づきになっている気がする……。

「フハッ！　ヌシたちはワレの命の恩人と、その仲間ダ。ユータがいなくばワレはもういなかったのだからナ！　最上級の賓客《ひんきゃく》だゾ」

「えー！　たまたま通りかかっただけなのに、大げさだよ……」

そんな偶然で王族に賓客扱いされるなんてとんでもない！　ぶんぶん手を振ると、凛々しい微笑みを浮かべたナギさんがオレの顔を覗き込んで、おでこをトン、と突いた。

「それも、また運命ダ」

運命かぁ……なんだか不思議な言葉だね。それって、誰かに決められているものなんだろうか。ふと、海に浮かぶ白い道筋を眺めて考えた。

だけど、どんな物事もきっと、オレは何回同じ場面に立っても同じ選択をするんじゃないかな。だから『運命は決まっている』のだろうか。でも、それなら運命っていうのは、オレが選ぶものなんじゃないだろうか。

「運命は、潮の流れのように様々なものを集めていくのですよ。ユータ様の流れに、きっと私たちも入っていたのですよ」

「本当？　ナギさんやウナさんが入ってくれたら、オレ嬉しいな！」

ウナさんの優しい瞳に、オレはふわっと笑った。

オレの海はどんなだろう？　その潮の流れは、何を集めていくんだろう。この海みたいに、透き通ってきれいだといいな。


「もう見えてきますよ！」

ウナさんの声にエピオルがスピードを緩め、前方の海にぽつんと浮かぶような四角い台座が現れた。てっきり神殿みたいな建物があると思っていたのだけど、何もない大海原の真ん中に、6畳分ほどの広さの平面があるだけ。これ、海人以外には発見することもできないね。

台座にエピオルを寄せると、止める間もなくナギさんが海に飛び込んだ。水中から腕を伸ばしてひょいとオレの脇を抱え上げ、台座へと乗せてくれる。

「ナギ様！　私が致します！　もう少し王族としての自覚を持っていただいて……」

ウナさんの説教もどこ吹く風で、ひょいひょいとオレたちを四角い台座に乗せると、ナギさんも上半身を乗り上げた。

「ワレが起動しよう。ユータ、念のため着いたら光る貝を除いておいてクレ」

四角い台座の真ん中には、複雑で大きな魔法陣があった。神妙な面持ちでオレたちが魔法陣に足を踏み入れると、ナギさんが槍を取り出して魔法陣に触れた。

「良いか？」

尋ねるナギさんを、ぐっと顔を上げて見つめる。

「うん！　ありがとう……！　楽しかった。また……また遊びに来るから！」

「船は乗らねえ！　でも俺も遊びに行くぜ！　また戦闘教えてくれよな！」

「ありがとうございました～！　僕いろんな素材まだ見てないから、また来させてね～！」

ナギさんの槍が光ると、魔法陣も呼応するように光を放ち、オレたちは思わず目を閉じた。

「ではナ！　また会おう！」

「皆さん、お元気で！　またいらして下さいね。お料理もお菓子も美味しかったです！」

2人の声がうっすらと消えていく。ずっと間近く聞こえていた波の音が、遠くなった。

「ん……ここ、来た場所か」

「戻ってきちゃった～」

フッと光が消えてまぶたを開けば、そこは土壁に囲まれた浜辺だった。穏やかだった波音は、ドドォと大きく変わっていた。なんだか夢から覚めたようで、胸がきゅっとなる。

「あ、ユータ、光る貝！」

ラキが指した場所には、何の変哲もなさそうな貝殻がころんと転がっていた。徐々に光を失っていくそれを拾い上げると、ほどなくただの貝殻になった。それが無性に寂しくて、ぐっと唇を結んで手のひらに握りしめる。

「泣くなよ？　俺たちもう冒険者、だぜ？」

がしりと肩を組んだタクトが笑い、ばしっと腰に手を回したラキが、オレを覗き込む。

「冒険者は、『出会い、別れるもの』でしょ～？」

泣いてるみたいに言わないで！　ちょっと、返事はできないけど……泣いてはいないから！

オレはこくりと頷いて顔を上げると、少し口角《こうかく》を上げた。

「それに……ユータならすぐに会いに行けるんじゃないのかなぁ～」

ラキが小さく呟いた声は、モモたちだけが聞いていた。

3章　後悔があるから改心がある

ザシ、ザシ——歩くたび音が鳴って、オレの小さな足を埋めにかかる。ヤクス村のサラサラした砂浜と違って、砂利《じゃり》のように粒の粗い砂だ。

「——オレね、山で暮らしてたんだけど、海ってどこか懐かしいって思うんだよ」

——そうなの？　ラピスは不思議って思うの。どうしてここのお水だけしょっぱいのって。

「ホントだね、湖も川もしょっぱくないのに、海だけしょっぱいもんね」

——お塩が効いてるから、このままスープにできると思うの。お魚も入ってるし。

「ぶふっ！」

せ、世界規模のスープ⁉　斬新なアイディアだ。確かにだしになる昆布やエビなんかもたくさん入っている。ただ、お塩が濃すぎるのが難点だ。

『難点はそこじゃないでしょ。ラピスに言ったら本当にやりかねないわよ』

頭の上でモモがみょんみょんと抗議した。

『スオー、あったかいスープ飲みたい』

肩車のように後頭部に張りついていた蘇芳が、ぽてんとオレの頭の上……もとい、モモの上に顎を乗せた。

『重っ！　ちょっと重いわよ！』

『モモ、前は乗せてくれた』

『前って、あなたがハムスターだった頃でしょ？』

甘える蘇芳の顎の下で、ぺたんこになったモモがプンスコしている。最近オレの頭と肩は場所取り合戦になりがちだ。蘇芳は飛べるのだから、乗らなくてもいいだろうに。

昨日はやっぱり疲れがあったのか、宿に着いてすぐに寝ちゃった。おかげで珍しく早起きだったけれど――揺らめく水中の艶やかな鱗、周囲を満たす水に、感じる圧迫感。コポポ、と耳元をくすぐる泡の音。それらはまだオレの中にあるのに。物足りないような、胸苦しいような。

気分転換でもしようと、オレは宿を抜け出して、こうして朝もやの浜辺を歩いている。

冷たく湿った空気がじわっと染み込んでくるようで、ちょっと寒い。だけど、耳元と首周りは蘇芳に包まれてふわふわと温かかった。

ざーん……じゅわじゅわ……。繰り返す波の音を聞いていると、不思議と心が凪《な》いでくる。

「おーい！　ユータもうすぐ朝飯だぞー！」

「帰っておいで～」

振り返ると、２人がシロに乗って迎えに来てくれていた。ちょっと冷えた体に、ぽっと火が灯《とも》ったようで、ほっぺが柔らかくなったような気がした。

「うん！」

ジャッジャッと砂を散らしながら駆け戻ると、タクトがオレの両脇に手を差し入れて洗濯物のように持ち上げ、勢いよく上下に振った。

「わっ、わっ、わっ!?　ちょっ、タク、ト、なにっ!?」

「砂だらけじゃねえの、落としとかないと怒られるぞ？」

それならオレを振らないで服を払って欲しいです！　ぶんぶん振られてくらくらするオレを、ラキが自分の前に座らせてくれた。オレの前にタクト、後ろにラキ、お尻の下はシロで、まんべんなくぬくぬくだ。

「ユータ、冷たいよ～大丈夫～？」

「大丈夫！　今はあったかいから」

満面の笑みで答えると、ニヤリと笑った。オレの小さな手は、キンといい具合に冷えている。

さりげなく背後から腕を回すと、タクトの服の下に手を滑らせた。

「おわぁっ！　つめてぇっ!?　なんだその手！　やめろ、腹が冷えるっての！」

「ふふっ！　シロ、しゅっぱーつ！」

もがくタクトの腹にぎゅっと掴まったら、その高い体温にみるみるオレの手もほかほかしてくる。ささやかな仕返しは、あっという間に終わってしまった。

タクトのお腹は硬くてごつごつしていて、背中は随分大きく感じた。オレを温めるように背中から手を回してくれたラキの頭も、オレより随分上にある。2人とも、もう子どもじゃないみたいだ。オレはちょっぴり寂しさを覚えながら、ぽかぽかしてきた体にゆっくり歩くシロのリズムを感じていた。


「ユータ～、そろそろ出るよ～？」

「置いてくぞ！　起きろ！」

「うぇっ!?　……あれ？」

オレはがばっと飛び起きて、まだとろんとするまぶたをしばたたかせた。あれ？　オレ、お宿に帰って……？　どうしてお布団で寝てるの？

――ユータ、帰る途中で寝ちゃったの。朝早かったから仕方ないの。

『残念だったなぁ！　主、朝飯食べ損ねたぞ！　俺様は美味しくいただいたけど！』

「……どうして2人とも起こしてくれなかったの！」

『寝かせてくれたんでしょう？　怒ることないじゃない』

そうだけど……オレだけ寝てるなんてカッコ悪い。なかなか上がらない重いまぶたを一生懸命押し上げながら、への字口にふてくされて八つ当たりした。

「おや？　ぼうやはまだおねむなんじゃねえ？　よしよし、兄ちゃんが抱っこしてやろうか？」

「いやない！　……!!」

飛び出した幼児語に、半分微睡《まどろ》んでぐらぐらしていた頭がばちっと覚醒《かくせい》した。と同時にぶわっと顔が熱くなって、真っ赤になったのが分かる。

「んー？　なんてった？　ユータ、もう1回……なんつったんだ～？」

恥ずかしいのと悔しいのとで、もう涙目になりながら枕を投げる。手当たり次第そこらの物と、収納に入っていた枕と布団とクッションと――ええい、全部投げてしまえ！

「おまっ！　ちょ、何持ってきてんだよっ！　……分かったから！　ストーップ！」

ぱしゅぱしゅん！

「お宿で騒ぎません～！」

オレたちは額を押さえて蹲《うずくま》った。ああ、ラキに余計な魔法を教えてしまった……。


「さーて、今日はどうするよ？」

「もっと遊んでいたいけど～、学校に帰らなきゃね～！」

「随分長いこと離れてる気がするね」

なんだかもう歴戦の冒険者……のような気がする。実際、とっても濃い数日間だった。そんな歴戦の冒険者であるオレたちだけど、学生でもあるから、あまりのんびりしてもいられない。それに、そろそろロクサレン家にも帰らないと隠密のスモークさんが来ちゃう。

帰りは乗合馬車を使うので、できれば護衛《ごえい》として乗せてもらって運賃を抑えたいところだ。ただ、オレたちみたいな子どもを護衛として乗せてくれるかどうか……。

「僕たち追加報酬をもらったから、行きの護衛はちゃんとできてたよね～？」

「そりゃ100点満点の花丸だろ！　最高の護衛だぜ！」

タクトのその自信はどこから……。オレたちあんまり何もしてなかったよ？　でも、いい評価をもらえたんだから、もう少し自信を持って護衛の名乗りを上げてもいいかもしれない。

「――何言ってんだガキが。冒険者の格好してればタダ乗りできると思ったら大間違いだぞ」

……しょんぼり。勇気を出して護衛の交渉に行ってみたものの、案の定というべきか、一笑に付《ふ》されてしまった。むしろ家出じゃないかと疑われたぐらいだ。

「なんだよ！　あいつらより絶対俺の方が強いのに！　馬鹿にしやがって！」

同じく護衛交渉していた冒険者まで大笑いするもんだから、暴れ出しそうなタクトを2人で引っ張って退散してきた次第だ。オレもタクトの方が強いと思うけど……こんなところでケンカしたら間違いなく冒険者としての評価は下がってしまう。オレたちみたいに実績のないパーティがトラブルを起こすなんて致命的だ。

ため息を吐いて馬車乗り場の柵《さく》に腰掛けると、次々出発していく馬車を眺めた。

「チビちゃんたち！　馬車の護衛より先に、チビちゃんたちの護衛がいるんじゃねえかー？」

目の前を通り過ぎた馬車に乗っているのは、さっき護衛交渉していた冒険者2人組だ。

「あいつら！　離せっ、シロ！　ぶん殴《なぐ》ってやる！」

『ダメだよ～タクトの方が強いんでしょ？　じゃあ我慢しなきゃ弱いものいじめだよ～』

ピシッ！　ピシッ！

大笑いしていた冒険者が、不自然な体勢でのけ反るようにひっくり返って呻《うめ》いた。

「……ラキ？」

オレたちは澄ました顔であらぬ方を眺めるラキを見つめた。オレたちが食らう水鉄砲より明らかに威力の高い音がしたけど……あの人たち、額に風穴空いてないよね？

ラキを怒らせたら怖い。オレとタクトはそっと目配せして頷き合った。


「仕方ないね～。馬車が全部出ちゃう前に、お客として乗るしかないね～」

「それでももし何かあったら俺らが護衛すんの？　なんかやってられねえ……」

「でも、冒険者も普通に乗合馬車には乗るよ？　のんびりできていいんじゃない？」

「そうだね～。じゃあゆっくりタクトの勉強時間にしようか～」

ラキの言葉にタクトが目を剥《む》いて食ってかかろうとした時、オレたちの前に影が落ちた。

「君ら、護衛したいんだろ？　ウチ、1人も護衛いないんだけどさ……乗ってく？」

あまり本意ではないのだろう、ガリガリと頭を掻きながら声をかけてきたのは、まだ若い女性の御者さん。無造作にまとめられた髪はばさばさと乱れかかり、長い前髪で瞳は片方しか見えなかった。オレ、女性の御者さんは初めて見たよ。

「その、すごく助かります～。でも、いいんですか～？」

「ん、まあ正直言うとよかぁないよ。でもさ、護衛がつかないんだよ。護衛いないわ客がアレだわ御者もコレだわ……ちょっとマズイっしょ？　その犬がいるだけマシかもなって」

お姉さんが肩越しに親指で指した馬車には、粗末な服装の若い女性2人とおばあさん……だけ!?　さすがにそれは危ないいんじゃないかな。この世界では特に、子どもと若い女性は悪人の餌食《えじき》になりやすい。オレもよく攫われるし。

「喜んで！　乗ります！　誠心誠意！　護衛完璧!!」

勉強を持ち出されたタクトが、すがるようにお姉さんの前に飛び出した。

「うーん。その馬車に僕たちが乗ると～、女子どもだけってことになるよ～？　さすがに危険が大きすぎない～？　それでいいの～？」

金目の物こそないけれど、魔物や人攫いなんかにはまさにご馳走《ちそう》馬車だ。お姉さんは不機嫌そうに腕を組んで眉根を寄せた。

「よかぁねえって言ってるじゃん。でも、あんたらがいてもいなくてもこっちは出発しなきゃなんねえの。ぎりぎりまで待ってみるけどさぁ、護衛いないより犬でもいた方が冒険者乗ってんだなって思うじゃん？　それに――オリーブちゃんが黒髪のちびっ子がいるパーティはイチオシ！　って力説してたんだよね。それ、あんたらじゃないの？」

お姉さん、どうやらオリーブさんと知り合いらしい。オレたちのこと、宣伝してくれていたんだ！　喜ぶオレたちだけど、お姉さんはオレたちを戦力として考えてはいないご様子だ。どうやら馬車を完全に幌《ほろ》で覆って、外をシロに走ってもらうって寸法らしい。小さな魔物なら抑止力になるだろうし、悪人も冒険者がいる可能性を考慮してくれたら御《おん》の字ってところだ。

実力も経験も不足したオレたちだ。そもそも自分たちの身がどうなるか分からないけど、でも知ってしまって放っておくのは難しい。結局護衛（？）を引き受けたオレたちは、少し馬車から離れて待機するように言われた。

「僕たちがいたら、余計に護衛がつきにくいんだろうね……」

「なんだと！　俺、結構強そうに見えねえ？　ナギさんだって認めてくれたぞ？」

うーん……タクトは強いけど、見た目はやっぱりただのやんちゃ坊主だ。大きくなったとはいえ、この世界の人はみんな大きいから。そう、みんなが大きいんだ……。

ほどなくして、ため息を吐いた御者のお姉さんがオレたちを呼びに来た。もう馬車乗り場にはお姉さんの馬車しか残っていない。

「出発だ。いいか、絶対に顔を出すんじゃないよ？　幌を下ろして口を閉じてること！」

ピリピリしたお姉さんが、幌がまくれないかしっかりと固定を点検しながら乗客に声をかけた……オレたちを含めて。

「あ、あの、護衛は……？」

「警戒《けいかい》はあたしがやるよ！　顔を出される方が狙われるっての！　犬だけ出しといてくれよ」

完全に戦力外扱い。まあいいか、お姉さんが言うことも一理ある。でも、次の街に着くのは明日の昼だよ？　ずっとこの調子だとお姉さん自身は相当に疲れるだろうな。

『ぼく、ちゃんと見張りできるから大丈夫だよ！　ゆーたは寝ていていいよ～』

そうだろうね……。シロのお耳とお鼻をくぐり抜けて馬車を襲う生き物なんていないと思う。せめて御者台に座ろうかと思ったのだけど、「引っ込んでろ！」と蹴飛ばされそうになったので大人しく幌の中でお勉強することにした。

「なんで……なんでだ……。護衛についたはずだったのに」

「護衛として乗せてもらいながら勉強できるなんて、ありがたいよね～」

「ホント、タクトもこれで遅れが取り戻せるね！」

タクトはすぐに酔っちゃうので、ムゥちゃんの葉っぱを咥えながら頑張ってもらおう。ちなみにオレとラキは授業の範囲はもう勉強済みなので、交代でタクトの個別授業をしている。でも交代でやると片方は暇になっちゃうわけで——。

「ねえ、あのお姉さん頑張ってくれているから、美味しい夕食用意しようかと思うんだ。どうかな？　どうせオレたちの分作るんだしね」

「賛成！　美味い飯！　俺も頑張ってるぞ！」

「それがいいね～。じゃあタクトは僕が見ているから、ユータは必要なこととしておいて～」

よぉし、任せて！　せっかくだから、一緒に乗り合わせたお姉さんたちにもご馳走しよう。

なんだかオレたちだけ食べるのも心苦しいし。——とはいうものの、何がいいかなあ。

『ねえゆーた、これ美味しいお肉じゃないから、ポイするね』

「うん、ありがと。ねえお姉さん、夕ごはん何食べたい？」

少し幌を開けて声をかけると、ちょうどシロがプレイリーキャットをぶん投げるところだった。放り投げられた魔物の悲鳴が、尾を引いて彼方へ消えていく。

「……犬。犬？　すげー……」

お姉さんは片方しか覗いていない目をまん丸にして、それだけ言った。

「シロ、強いんだよ。だからお姉さんも楽にしてね！　それでね、オレたち乗せてもらっているしお食事をご馳走するよ！　何が好き？」

お姉さんはじっとシロを見て、張りつめていた表情を少し緩めたようだった。

「あっはは！　オリーブちゃんやってくれるじゃん。本当にお買い得物件だったわけだ。それで、なんて言った？　食い物の話？　あたしはもちろん肉が好きさ」

当然！　と言わんばかりの顔で宣言するところを見ると、どうやらカロルス様と同じ人種らしい。とりあえず肉！　その次も肉！　って人だね。お肉好きの人はアレコレ凝ったものよりズバン！　とお肉そのものの方が喜ばれる気がするので、塊肉《かたまりにく》を漬け込んでローストしよう！

ついでだから今後の分もたくさん漬け込んでおこうかな。

「ね、ねえ。君何してるの？」

馬車の中でせっせと下ごしらえしていると、乗客のお姉さんがおずおずと声をかけてきた。

「夕ごはんの準備してるんだよ！」

「ゆ、夕ごはん……？　あなたが作るの？　どこで？　そのお肉はどこから？」

そうか、お外で調理するのはあまり一般的ではないんだよね。

「オレたち、いつもお外でお料理して食べるんだよ！　お姉さんたちにも作ってあげるね！」

２人のお姉さんもおばあさんも、とても痩《や》せっぽっちだもの！　しっかり食べなきゃ。

「私たちも？　でも……悪いわ、保存食は持ってきてるから大丈夫よ」

「偉いわね、他の人に分けてあげようなんて。でも私たちは大丈夫よ、お腹いっぱいお食べ」

2人のお姉さんは随分遠慮していたけど、作ってしまえばこっちのものだ。


「はあぁぁ〜、着いた！　……生きていられた。……犬、ありがとう」

休憩所の柵が見えたところで、お姉さんが長いため息と共に御者台に突っ伏した。あんなに気を張っているんだもの、ものすごく疲れただろうなと思う。ひとまずはしっかりごはんを食べて、ゆっくり休んでもらおう。そういえば、休憩所は先に行った馬車も使っているはず。オレたち一番最後になっちゃったけど、空いている場所はあるのだろうか。

「あたしたちが最後だから、場所なんてないだろうよ。それにあんたらは馬車の中にいた方がいい。さすがにあたしも夜中まで見張りは無理だ。夜の見張りぐらいは頼めるんだろうね？」

「もちろん！　任せておいて。あとごはんもご馳走するから休んでて」

「ごはん……？　何か持ってんの？　ま、とりあえず明るいうちに休ませてもらうよ」

夜になったらまた起きてくるつもりだろうか？　休憩所の中くらい任せてくれてもいいのにとは思うけど……命がかかっているもんね。

「うわ、俺たちこんな隅っこなのか、もうちょっと場所譲ってやろうとかねえのかよ」

「仕方ないよ～遅くに来たんだし～」

「テント張れないねえ」

他のグループが広々と場所を使う中、馬車を停めた横で休むくらいしか無理そうだ。テントは張れないけど、お姉さんたちは馬車の中で休むみたいだし、オレたちはお外でシロに包まれて眠――見張りをすればいい。でも、ひとまずは夕食だ。

「人がたくさんいるし、今日はあのお姉さんも休みたいだろうから、ササッと作るね」

「なんでも美味いからいいぜ！　俺葉っぱ洗うわ」

「平皿と深皿だけでいい～？　このくらいかな～？」

ラキとタクトも手慣れたもので、スッとできる範囲のお手伝いをしてくれる。２人とも料理なんてしたことなかったのに、自然にやろうとしてくれるの、本当にあったかいね。

「ありがとう！」

「おう、むしろ悪いな、いつも作ってもらってさ。でもお前の飯、美味いから！」

「タクトはもうちょっと野菜洗う以外もできるようになったら～？」

「何言ってんだ、俺葉っぱ洗うの上手くなったろ？　サラダが美味いのは俺のおかげだぞ！」

「確かに葉っぱが細切れにはならなくなったよね～」

こうやってみんなでお料理するのってなんだか楽しい。キャンプでカレー作るみたいだよね。

御者のお姉さんは休むと言っていたから、こってりはダメかな。ロースト肉は次の機会にしよう。それに、あの痩せっぽっちのお姉さんとおばあさんには、寝る前のこってりは辛いだろう。うん、今日はお腹に優しくて栄養のあるメニューにしよう。

「あれ？　肉は？」

「うーん、今日は鳥団子のおうどんと、つみれの照り焼きにしようかな。鳥のお肉だよ」

「鳥ぃ？　鳥かぁー。鳥って肉じゃねえんだよ……」

タクトにとって鳥肉は肉じゃないらしい。がっつり感が足りないそうだ。でもその分、照り焼きの味付けはこってりにするから。

「鳥って鍋底亭で食べたクールサスでしょ～？　まだ残ってたんだ～」

「あれか！　プレリィさんとこで食ったやつ！　あれならいい！　ひゃっほう！」

クールサス料理は、プレリィさんにちょっとしたコツなんかも伝授してもらってるし、なんせ素材がいいから何をしても美味しいと思うよ！

麺《めん》は、うどんと言っていいものか、オレが小麦粉をこねて作ったほうとうみたいな感じだ。お野菜たっぷりのスープに鳥団子を落とし入れ、浮いてきたら海人のアガーラで少しとろりとさせる。クツクツしたところへ溶き卵を回し入れると、ふわりと雲のように広がった。脂肪分の少ないクールサス団子は、お腹に優しくほろりと崩れる柔らかさだ。その分、満足感を得るためにかなり大きめに作ってある。熱々を大きなお口で頬ばったら美味しいんだよ！

つみれの方は粗く潰《つぶ》したものとザクザクと刻んだものを混ぜ、ノーマルとチーズを包んだもの、両方を用意してみた。つみれを焼いた時の肉汁も逃さず照り焼きソースにして、つやつやとしっかり絡めたら出来上がり！

「ごはんできたよ！　一緒に食べよう！」

「ええっ？　いいのよ、あなたたちでしっかり食べなさい？」

頃合いを見て馬車の中へ声をかけると、お姉さんたちはやっぱり遠慮した。

「あのね、食材たくさんあるし、ついでにみんなの分作ったから！」

「そんな……食材は大切にしないとだめよ、いいのよ、私たちのことは気にしないで」

お姉さんたちは、大人びた優しい顔で首を振った。お腹、空いていると思うんだけど……。

困った顔で首を傾げると、途端にぐう、とお姉さんのお腹が鳴った。赤面して慌てる姿は、まだまだ少女らしい。オレはふわりと微笑んでその手を取った。

「行こ！　置いていても腐っちゃうでしょう？　オレたちこんなに食べられないよ」

「早くー！　ユータの飯は美味いぞ！　冷めちゃうぞ！」

賑《にぎ》やかなタクトの声に、奥で眠っていた御者のお姉さんも目を覚ました。

「ちょっと寝られたよ。飯くれるって本当だったんだ。あたしも保存食持ってるから気にするなよ？　子どもの食い物奪うほど、クズにはなってないつもりだから」

「大丈夫だよ！　お姉さんもいっぱい食べて！　オレたち食材いっぱい持ってるの！」

「あ、そ？　いいとこのぼっちゃんぽいもんな。どれ、あたしたちの保存食と違って……」

馬車から降りてきたお姉さんは、目の前の料理を見てピタッと動きを止めた。

「へっ？　……どゆこと？　何これ」

馬車の3人も引っ張り出して簡易テーブルと椅子に座ってもらうと、一様にぽかんとした顔で見つめている。食の細そうな3人と疲れた御者さんのために、お水は少しだけ多めに生命魔法を入れておいたんだ。いただきます、と言ったものの、食べているのはタクトとラキだけ。

「あ、あの、食べてね？」

オレの促しに御者さんがごくっと喉《のど》を鳴らすと、不器用そうな手でフォークを引っつかんだ。

「おっ……おふぅ、はふぅっ！」

いい食べっぷりに、くすっと笑う。はふはふと上を向いて大きな鳥団子を頬ばる姿に、痩せたお姉さんたちのお腹が限界を迎えたようだ。周囲を窺うようにそっとフォークを取ると、とても遠慮がちに小さくお団子を崩そうとした。まあるいお団子はフォークを入れた途端にほろっと崩れ、だしの中に透明な肉汁が溢れ出す。

「あっ……」

ちょっと切ない顔で慌ててスプーンに持ち替えると、ふうふうと慎重に冷ました。そして、こくっと喉を鳴らすと、思い切りよく食いついた。

「!!」

スプーンを口に入れたまま、お姉さんは虚空《こくう》を見つめてほっぺを押さえた。隣のお姉さんとおばあさんも、それを見て辛抱堪らず料理に手を伸ばし始める。

「はふはふっ！　うまっ！　やっぱ美味い！　鳥だけど美味いぜ！」

「ちゃんと丸いのにお口に入れたらぶわって弾けるの、一体どうなってるの～？」

それはプレリィさんの秘伝とクールサスならではだよ！　あっさりなのに、確かな肉汁を感じられて、本当に美味しい。オレの作った麺にコシはないけど、柔らかな麺にはじんわりとスープが染みて、ほう……と温かな吐息が漏れた。

つみれの方は、お腹に優しい鳥団子うどんと比べ、しっかりと食欲を満足させてくれる。焦げ目をつけた表面の香ばしさに、とろけるような内側の食感。つやつやと濃い甘辛のたれに、鳥肉が絡み合って――。

「ユータ、ごはんがいる！」

そう！　それだよね。やっぱり白ごはんを掻っ込みたくなる！　収納に保存してあった予備のほかほかごはんを出すと、タクトの食がますます進んだ。鳥ミンチに混ぜ込んだ切り身の歯

ごたえもいい。とろける中にもしっかりと噛めるお肉の存在が、素朴なつみれのランクを上げている……と思う。生命魔法入りのお水が効いたのか、不健康そうだった３人も、頬を桃色にしてもりもり食べていた。

うわごとのように美味しい、と言いながら夢中で頬ばるお姉さんたちに、おばあさんは少し切なそうに微笑み、自分のつみれを差し出した。

「ほら、あなたたちでお食べ。わたしはおばあちゃんだから、あんまり食べられないのよ」

そう？　おばあさん、うどんをあんなに早く食べちゃったもの……お腹空いてたんでしょう？　チーズは重いかな、と思ったけど、その食べっぷりに大丈夫そうだと思ったもの。

「はい、おかわりはいっぱいあるよー！」

オレはにんまり笑うと、大皿にどーんとつみれを追加した。鳥団子の大鍋も側へ置いておく。

「こ、こんなにある!?　ねえ、食べていいの!?　おばあ、食べていいんだよ！」

「すごい、すごいわ！　おばあ、見て！　お腹いっぱいになっちゃうよ!!」

目をきらきらさせて喜ぶ２人に、もう大人びた面影は見当たらない。おばあさんは何度も頷いて笑うと、密かに視線を逸らせてぎゅっと目を閉じた。

みんなが満足そうに手を止めてしばらく。そろそろかな？　予想よりたくさん食べていたから、もしかするといらないかもしれないけれど。

「お腹いっぱいかなあ？　これ、食べられる？　体の調子を整えるデザートだよ」

ことりと置いたのは、湯気の立つごく小さな椀。葛のようにとろりとした液体と、刻んで煮たフルーツ……と、オレの生命魔法入り。漂う甘い香りに、３人の瞳が輝いたようだった。どうやら甘いものは別腹、かな？　アガーラは海藻が原料の割に、消化吸収がいいらしいんだ。今回はスライムゼリーと合わせて、半固体のような緩さに調整してある。体を温めて、胃腸の働きを助けるんだよ！

『胃腸がどうとか……ゆうたが生命魔法を流した時点で、それはもう回復薬だと思うわよ』

モモがじとっとオレを見る。い、いいじゃない、普通の回復薬だと苦いらしいもの。こうやって美味しく食べて回ふ……体調を整えてくれたら。

「待ってました！　なんか物足りねえ気はするけど、口が気持ちいいな！」

「あったかいフルーツも美味しいんだね～」

お口の中の余分な油分を取り去って、スッキリするでしょ？　この葛湯もどきはスライムゼリーの特性か、ベッタリせずにつるりとした食感になるのが特徴だね。

「こんな美味いもん食えるとは……あんたらを乗せて本当によかったよ！」

御者のお姉さんが、お腹をさすってニッ！　と笑った。

「オレたちも乗せてもらえてよかった！　明日もごはん作るね。夜中もゆっくり寝て大丈夫だよ！　シロがいるし、心配ならシールド張るから」

「えっ!?　あんたシールドの魔道具持ってんの？　こりゃ大もうけだ、さすが貴族さん！　それ使ってくれんなら、あたしも安心して休ませてもらうよ」

魔道具じゃないけど、まあいいか。喜んだ御者さん含め、女性陣はみんな馬車の中で眠り、オレたちは外で見張りをする。夜中の見張りについては色々検討の末、順番を固定することにしている。朝が苦手ですぐ寝てしまうオレが最初の見張り、一番ちゃんと起きていられるラキが真ん中、早起きが得意なタクトが最後。これでなんとか誰かが起きている状態を保てるようになった。見張りができているかどうかは別として……。だって何かしていないと寝ちゃうもの。見張りの間お料理したり魔法の訓練をするオレ、加工に熱中するラキ、トレーニングに勤しむタクト。……大事なのは起きていることだよね！

「明日は何作ろうかな？　朝昼は、さっと食べられるものを用意しておいた方がいいね」

まずはオレの見張りタイム。大人が寝るにはまだ早いせいか、周囲のテントはまだ明かりがついているところが多い。時間はたっぷりあるので、眠気覚ましに明日のごはんを作っておこう。御者さんはきっと道すがら朝食をとるだろうし、片手で食べられるおにぎりがいいね。他の人は馬車の中で座って食べられるから、雑炊《ぞうすい》にしよう。今日食べすぎて胃が重いかもしれないもの。揺れる馬車内だから、おじや風に水分を飛ばしておいた方がいいかな。

お昼はもう少ししっかりとボリュームがありつつ、手軽に食べられるものかな。オレは馬車で下準備しておいたお肉をローストして、ボリューム満点のバゲットサンドを作り始めた。おにぎりもバゲットサンドも時間が許す限り作り置きする。収納に入れておくと、サッと食べたい時にとっても便利なんだ。ちょこちょここうして大量生産しておくんだよ。

忙しい作業が終わる頃、交代目印のろうそくが燃え尽きた。オレの見張り時間は終わり！

「……ユータのあとに見張りするとさ～、お腹空くんだよね～」

匂いはなるべくよそへ流したはずなのに、やっぱり残っているみたい。夜中ってお腹空くよね。恨めしげなラキに、差し入れとしておにぎりとスープを渡しておいた。

「やった～！　これで頑張れる～」

にこにこのラキにおやすみして、オレはタクトの横でシロのふかふかに潜り込んだ。

『ゆーた、おつかれさま。おやすみ～』

「おやすみ。シロも寝ていいよ？　モモ、オレが寝ちゃったらシールド交代してくれる？」

『いいわよ！　ゆっくり休みなさい』

『ぼく、いつも寝てるよ！　大丈夫！』

モモは普段好きな時にオレの中で休むから、夜は起きているって言ってくれるし、シロは寝ていても何か近づけば大きなお耳と敏感なお鼻ですぐに分かるそう。オレはサラサラしたシロの毛並みに頬を擦《こす》りつけ、ゆったりした呼吸と体温に包まれた。途端にまぶたが落ちてきて、すとんと寝てしまったようだ。

「ななななーーっなんだこりゃあ⁉」

御者さんの大声に寝ぼけ眼で飛び起きると、なんだか変な臭《にお》いがする。

『ゆーた、おはよう！』

どうやらみんな既に起きているみたい。シロをぎゅっとしておはようの挨拶をすると、周囲を見回してきょとんとした。

「あれ？　なんか昨日と景色が違うような？」

「おう、ユータおそよう！　昨日すごかったぞ！　火がごうごうしてさ！」

…………火？　ごうごう？

「明け方火事になったみたい～。僕たち以外はみんな逃げたんだって～」

ああ、だからこんなに視界が広々とーーって⁉

「火事っ⁉　ど、どうして起こしてくれないの！」

「起こしたってすることねえよ？　シールドあるし、シロが風で囲んでたし。俺ら一番隅だから、逃げられねえし」

そ、そうなの……？　確かにオレたちの馬車は一番逃げづらい位置にあるから、火に囲まれたらどうしようもなかったのかな。ちなみに休憩所は魔物避《よ》けの柵や塀で囲んであるだけなので、冒険者なら乗り越えて逃げられる。どうやらどこかの火の不始末からテントに火がつき、満杯状態だった休憩所内で次々引火していったらしい。

「みんな逃げられたの？　助けなくて大丈夫だったの!?」

——大丈夫なの。ユータが気にすると思って、逃げ遅れた人は外に捨て……逃がしたの。

それならいい、のかな？　でも、さすがにそんな騒ぎがあったら気付くと思うんだけど。オレはともかく御者さんたちが。だけど、臭いを嫌ったシロの風の障壁とモモのシールドが防音防臭に効果を発揮したらしい。おかげでよく眠れはしたけども。

何事かと馬車から顔を覗かせた3人も、次々にフリーズする。そりゃあ驚くよね。

「えっと、火事があったけどみんな無事に逃げられたみたい。オレたちはシールドがあるから問題ないし、そ、その、火は収まったみたいだし、よく眠れたから……よかったね！」

えへ、と力のない笑みを浮かべると、御者さんたちは信じられないものを見る目で凝視した。

「ぼっちゃん、そんなすげー魔道具持ってるなら、最初から言ってくれよな！　あたしはゲイラって言うんだけどさ、これからもご贔屓《ひいき》に頼むよ！　いや参ったよ、はは！」

どうやらオレは「ぼっちゃん」にランクアップしたらしい。おにぎりを頬ばって上機嫌の御者さんは、改めて名乗ってくれた。

結局、ゲイラさんが雑炊もおにぎりも食べると言うので、出発は随分遅れてしまった。多分途中の休憩所でお昼を食べ、街への到着は昼過ぎか夕方になるんじゃないだろうか。

遅くなったと思ったけど、途中の街道脇で煤《すす》けた馬車をちらほらと見かけた。どうやら夜中の火事で、逃げ出したものの色々と不具合があるのだろう。荷を失った人たちも多そうだ。

「お、お前ら!?」

「どういうことだ……!?」

追い越していくオレたちを見る目には、どこか怯えが見て取れた。

「オバケになって出てきたと思うのかな」

「そう思うってことは、見捨てた自覚があるんだろうね～」

火を消し止めることまでできなくても、オレたちに声をかける余裕ぐらいあったと思うんだ。身ひとつならまず逃げられるとはいえ、放っていくなんて。

「ぼっちゃん、冒険者はみんな商売敵で、積極的には助けないって輩《やから》は多いもんさ」

「そうなの？　オレの知ってる冒険者は、みんなきっと助けてくれる人たちだよ」

「そうか！　そりゃあいい。そういうヤツらは、強くなるさ。足の引っ張り合いをするヤツより、ずっとな」

ゲイラさんは、ごはん粒を飛ばしながら大きな声で笑った。

＊＊＊＊＊

「ちくしょう……」

煤《すす》けた服の冒険者がぼそりと呟くと、相方は不機嫌な目を向け、イライラと馬車の床を踏みならした。睡眠不足の上に、腹が減るわ荷は失うわ……散々な目に遭った。おまけに何度も不具合で止まるものだから、遅々として進まない。他の乗客も押し黙って不安に耐えていた。

またもや馬車が止まり、ついに2人組の冒険者が文句を言ってやろうとした時、軽快な音を響かせて1台の馬車が追い抜いていった。どこにも焼け焦げや煤のないそれに乗っているのは、見覚えのある女御者と小さな子ども。

2人の冒険者は駆け抜ける馬車を見つめて目を見開いた。どうして——馬車を出すなんて不可能だったはずだ。馬車も荷も失って、泣いていればいいとせせら笑っていたのに。

「どういう、ことだ？」

2人はうすら寒い思いで煤だらけの顔を見合わせたのだった。

それから彼らが休憩所に着いたのは既に昼下がり、普段ならそろそろ街に着く頃合いだ。それでもすぐに出発すれば、夜には到着できるはずだ。

「──それはできねえです、考えてもみて下せぇ！　昼間あれだけ止まったでしょうが、夜にあれをするつもりですかい？　魔物の群れの中で!?」

「ぐっ……」

乗客は、今日も野宿が決定したことに諦めのため息を吐いた。食い物もテントもなく、他の客が馬車内で休もうとするのを尻目に、２人の冒険者はすぐさま馬車を降りた。

「なんだ？　思いのほか多いじゃねえか」

普段ならこの時間、休憩所に残る馬車はほとんどいないはず。なのに今日は随分と多くの馬車が留まっていた。どの馬車も煤けているところを見るに、状況は似たようなものなのだろう。

「どいつか食い物持ってねえか？　おい、ちょっと見て回ろうぜ」

身勝手な思いで休憩所を見回した２人は、漂う雰囲気に目を丸くした。一方、先に降りていた御者の男も困惑していた。平民ばかりの休憩所、空腹に慣れているとはいえ、ギスギスした雰囲気が広がるのが常であるはず。それなのに、ここはまるで祭り会場のようだ。

「おう、遅かったな。馬車はだいぶイカレてんのか？」

歩み寄ってきたのは、御者の知人らしき男性。にこやかに声をかけた男は、右手に美味そうな食べかけのパンを持っていた。目ざとく見つけた2人の冒険者がごくりと生唾《なまつば》を飲む。

「あ、ああ。お前のところは？　やはりここで泊まりか？」

御者は2人の視線を遮《さえぎ》るように体を入れると、早く食っちまえと身振りした。

「もちろんだ！　ここで泊まらにゃ損だ！　ふん、これが欲しいか？　やらねえよっ！」

あろうことか、男はひょいと顔を覗かせると、これ見よがしにパンを口へ運んだ。

「野郎!!」

激高した冒険者が腰の剣に手を伸ばすと、男はおかしそうに笑った。

「だってお前らの分もあるからな！　ほら、怖い顔してないで来いよ、こっちだ。他にも客がいるんだろ？　騙《だま》されたと思ってついてきな！」

男性を先頭に、冒険者と乗客たちは狐につままれたような顔で男について歩いた。

「――ばあさん、こいつらで多分最後だ、いいか？」

「はいはい、もちろんですよ。天使様のご加護がありますように」

休憩所の一画は、見覚えのない土壁で仕切りができていた。土壁で仕切られたその入り口には痩せたばあさんが座って、奥を示した。どうぞということらしい。

「1人1つずつね～！　まだ欲しかったらまた並んでね～」

促されるまま一歩踏み込むと、壁の中では数人が忙しく動き回っていた。辺りにはほんのりと美味そうな香りが漂い、香りを辿れば小さな子どもが2人、さっきのパンを人々へ手渡していた。その隣では痩せた女性2人が、大きな鍋から湯気の立つスープを注いでいる。

「あ、熱いので気を付けて下さいね。天使様のご加護がありますように！」

皿と椀を受け取って立ち去る人々の顔には、一様に穏やかな微笑みが浮かんでいた。思いも寄らない状況に乗客が立ち尽くしていると、突如冒険者2人は彼らを押しのけ、突進した。

「それを、寄越せ！」

止めようとした男性を突き飛ばし、怒鳴り声を上げながら迫る大きな男に、スープを注いでいた女性が息を呑んで身を強《こわ》ばらせた。

「……並んでくれる～？」

スッと割り込むように女性の前へ立った子どもが、ゾッとするほど静かな瞳で真っ直ぐ冒険者を見据え――。額への激しい衝撃と共に、冒険者はぷつりと意識を飛ばしてその場へ倒れ伏した。同時に、パンを奪おうと子どもへ手を伸ばした片割れは、突如視界が反転。背中から地面に叩きつけられて目を見開いた。

「ん？　あんた、あの時のヤツじゃん」

「てめえ！」

覗き込まれ、自分の足を払ったのが子どもだと気付いた冒険者は、額に青筋を立てて飛び起きた。そのまま剣を抜き放った姿に、遠巻きにした乗客が悲鳴を上げる。

「はあ。腹減って苛《いら》ついてんだろ、いいぜ、食って。みんな順番に、1人1つずつな」

やれやれ、という素振りで肩をすくめた子どもが、列の最後尾を示した。

「うるせえ！　ガキが……生意気なんだよ！」

引っ込みのつかない冒険者は、怒りに任せて剣を振り下ろした。

ガキン！　無様《ぶざま》に転がると思った子どもは、なんなく剣の鞘《さや》で受け止め、目を細めた。

「それ、マズイんじゃねえ？　犯罪になるぜ？」

剣を抜こうともしない子どもに、冒険者は血走った目でもう一度攻撃を仕掛けた。

「ほら、な？　やっぱ俺の方が強いじゃねえか」

子どもに届くことのなかった剣が地面を抉《えぐ》ったと同時に、冒険者の視界は暗転した。

＊＊＊＊＊

「はい、これで大丈夫だよ」

「おお……。ぼうず、ちっこいのにすげえもんだ。本当にいいのか？」

「うん、天使様がきっと喜ぶから。それに、オレも痛い時そうしてもらいたいって思うから」

「そう、か……」

腕の火傷を回復すると、おじさんは少し考えるような顔をして、オレの頭を撫でてから出ていった。大怪我《けが》はないものの怪我人は多いので、簡易救護室は大忙しだ。

「ユータ、こいつらここに転がしといていい？」

がばっとテントをまくって、タクトが大きな男性を2人放り込んできた。

「えっ、どうしたの？　重傷者!?」

意識のない2人に慌てたけれど、どうやらタクトとラキの仕業らしい。順番を守らない狼藉《ろうぜき》者《もの》らしいけど……気絶するほど乱暴にしなくても。

「ユータ、もうみんな飯食ってるから大丈夫だと思うぞ！　腹減った！　俺たちも食おう！」

「そう？　じゃあみんな一緒に食べよう！」

オレは救護室にしたテントを出て、おばあさんとお姉さんに手を振った。

「お姉さんたち、ありがとう！　大丈夫だった？　お疲れ様～」

食料は休憩所内の人に行き渡ったみたいだ。大量のストックはなくなったけれど、むしろこんなに貯め込んでいたのかと少々反省した。

「ねえ、本当によかったの？　こんなにたくさん――。いくら貴族様でも……」

「うん、買ったものはパンと調味料ぐらいだもの。あとは残っていた食材だから大丈夫」

「食材が、残るの……？」

あんまり上等なものを出してもよくないと思ったから、食材はなるべく安いものと、シロが狩ってきちゃったものだ。だけど、みんなとても喜んで食べてくれた。よっぽどお腹が空いていたんだろう、じっと見つめて涙ぐむ人もいた。

「こんなおばあちゃんが余計なことを言ったばっかりに。小さな子に負担をかけて……」

「違うよ！　どうしたらスムーズにみんなに配れるかなって考えてたんだ。だからおばあさんが天使様の話をしてくれて、すごく助かったんだよ！」

オレは責任を感じて元気のないおばあさんを一生懸命励ました。あの時、どうしたらいいかと悩むオレに、おばあさんが微笑んで言ってくれたんだ。『優しい子ね、きっとその心は天使様が見て下さっているわ』って。冒険者でない人たちにまで天使の話が広がっているとは驚いたけれど、それなら利用しない手はない。こんな子どもが他人へ施しなんて、よくは思われないだろう。でも、宗教関連の炊き出しなら素直に受け取ってくれるかもしれない。

「ねえ、ゲイラさんも機嫌直してよ」

もくもくと無言で食事を貪るゲイラさんに、困った顔をする。

「……別に、ぼっちゃんに怒ってるわけじゃないさ。ぼっちゃんは、世間知らずでお人好しが過ぎるってだけだ。でもあいつらはなんだ！　都合のいい……。今度ぼっちゃんがお腹を空かせても、助けてくれるとは限らないぞ？　根こそぎ強奪されていたかもしれないんだぞ？」

むすっとむくれる姿は、なんだかオレの代わりに怒ってくれているみたい。

「ありがとう、でも強奪は無理だと思うよ？　シールドもあるしね」

「だとしても！　ここまでしてやる必要があるか？　痛い目に遭った方が薬になるだろう！」

ゲイラさんはきっと、今まで嫌な思いをしてきたんだろうな。痛い目を見ないと分からない、っていうのも頷ける。……特にあの２人のことかな。

「俺だって放っておけばいいのにって思うぜ！　でもユータだからなぁ」

「ちょっと常識外れだもんね～。ユータって感じだからしょうがないよ～」

どうしてオレの名前が批判代わりに使われるのか……少々頬を膨らませた。

「でも……自分が被害に遭っていたら、この方が嬉しいでしょう？　できないことはできないけど、できることがあればやってもいいんじゃない？」

オレはテント内でまだ眠っているであろう、２人の冒険者の方へ目を向けた。

「それにね、いろんな人がいるけど、『助けてもらったことのない人』はあんまり人を助けようとは思わないんじゃないかな？」

たった1回の助けで、何か変わるとも思わないけど、その1回はきっと……きっとゼロよりはるかに価値があるんじゃないかなぁ。

「……あんたの器はでっけえな」

席を立ったゲイラさんが、乱暴にオレの頭を掻き抱いてぎゅっとした。これがカロルス様だったら、がつんとおでこを胸板にぶつけているところだ。どうやらオレの呼び名は『ぼっちゃん』から降格したらしい。

「……あたしも天使教に興味出てきたな。あんたみたいなヤツが増えたら、一体どんな世の中になっちまうんだ。お姉さんたち、ちょいと天使様のことを教えてくれよ」

解放されたと思ったらぶにっとほっぺを摘まみ、ゲイラさんは離れていった。

だけどオレだって聖人さんじゃないもの、そこまで誰も彼も信用しているわけじゃない。収納袋や食料なんかを狙ってよからぬことを企む輩だって出てくるだろうし、今夜はお姉さんたちのためにも、きっちりシールドを張っておこう。


「う……？」

「あ、気付いた？　どう？　痛いところはない？」

みんなが食事を終えて落ち着いた頃を見計らって、冒険者さんたちを回復した。返り討ちにした張本人がいたらまた暴れるかもしれないし、テント内にいるのはオレとシロだけ。ほとんど同時に目を覚ました2人は、しばしぼんやりと周囲を見回した。

「はい、これ2人の分」

状況を掴めず大人しい2人に、これ幸いと食事を勧めてにこっとした。お腹が落ち着けば、凶暴ではなくなるだろう。動物だってお腹が空いている時は危険だもの。案の定、くわっと目を見開いた2人が、ものも言わずに食事を貪り始めた。大きな体だ、エネルギー消費も多いだろう。行動に大いに問題はあれど、辛かったことは嘘《うそ》ではない。

スープはおかわり可なので、空になった椀におかわりを注いでは渡していると、徐々に掻き込むスピードが遅くなってきた。

「おなかいっぱい？　急に食べすぎるのもよくないよ」

「いいや、もっとだ……もっと寄越せ！　……この、温かいスープを」

ぽたぽた、と水滴が落ちて視線を上げると、冒険者さんは随分ひどい顔で泣いていた。もっと、と言う割に、椀を抱えたまま離さない。

「てめえ、何泣いてやがる。――お前が泣いても、誰も喜ばねえ」

もう1人の冒険者さんは、ぐっと奥歯を噛みしめて相方を小突いた。

『お腹空いて怒ってたの？　辛いもんね。お腹いっぱいになったら、幸せだよね』

「うわ、なんだこの犬、やめろっ！　どけっ」

シロがぺろぺろと冒険者さんの顔を舐《な》め出して、どうやら涙も引っ込んだようだ。ぐい、とのしかかったシロに、彼は空の椀を抱えたままひっくり返ってしまった。

「は、はは。……あははは！」

固い表情をしていた相方さんが突如大きな声で笑い出した。シロから抜け出した彼は、乱れた髪を撫でつけて、笑う相方を睨《にら》んだ。

「てめえだって泣いてんじゃねえか、みっともねえ」

「何言ってやがる、これは無様なお前を見たからだ！　笑い泣きだ！」

どこも痛くなくて、安全で、お腹もいっぱい。……安心、するよね。

オレはいつもたくさんの人に満たしてもらっているから、他の人にも分けてあげられる。オレだって自分の中が空っぽだったら、どう頑張ったって分けてはあげられない。

この人たちも、いつもいっぱいだったら、分けてあげられるようになるのかもね。お互いを罵倒し合って笑う2人を見つめ、そっと微笑んだ。

「――ぼうず、大丈夫か？」

テントをめくったのは、冒険者さんたちと一緒にここへ来た人だろうか？　どうやらオレが1人で冒険者さんたちといると聞いて、心配して来てくれたようだ。

「なあに？　大丈夫だよ！」

にこっと返す間に、冒険者さんたちは慌てて顔をごしごしやった。次いで少しばつの悪そうな顔をして頭を掻くと、ハッとオレを見た。

「――いやいやお前！　何やってんだ⁉　荒くれ2人と一緒にいるなんて、正気の沙汰《さた》じゃねえ！　いいか、二度とこんなことすんじゃねえぞ‼」

「この野郎、無事で済んだからいいものの！　どれだけ危ねえことか、分かってんのか！」

真剣な顔で怒る冒険者さんに、テントを覗いた人がきょとんとした。

「あんたら……なんか憑《つ》きものでも落ちたみてえだな」

その後、促されるままにテントを出ようとした2人は、長く逡巡して一言、ぼそりと呟いた。

「……うまかった」

「どういたしまして！　あっ、天使様のご加護がありますように！」

危うく大事なことを言い忘れるところだった。オレたちは熱心な信者だからこんな慈善活動をするし、献身的なんだってことにしているんだから。

「なあ、これ――」

出ようとした冒険者さんが、椀を持ったままだったことに気付いて戻ってきた。

「これ、高価なもんか？　これが欲しい。金がねえんだ、交換してくれねえか」

オレが土魔法で作った、てきと……非常にシンプルで実用的なお椀を見つめ、冒険者さんはおもむろに腰の剣を外してテーブルに置いた。

「――え？　えええええ!?　こんな椀、あげるよ！　剣がなかったら護衛できないでしょう！」

どうしたっていうんだろう、椀があっても食料が出てくるわけでもないのに。他に交換できるものがないかとごそごそしだす彼に椀を押しつけ、オレは咄嗟《とっさ》に両手を上げた。

「じゃあさ、オレを抱っこして！　そしたらプレゼントするよ！」

「はあ!?」

戸惑う冒険者さんは、きりっとバンザイして抱っこ待ちのオレに根負けして、そっと両脇を支えて持ち上げた。大きな手だ。オレの背中で両手の指がクロスするくらいに。壊れものを扱うように怖々と持ち上げられ、楽しくなって手足をばたばたさせた。

「や、やめろやめろ、落ちるぞ！」

オレなんて指で摘まめそうな太い腕なのに！　大汗掻いてやわやわと支える姿に、ますます笑ってしまう。

「何やってんだ……」

痺れを切らして戻ってきた相方さんが、呆れた目でテントを覗き込んだ。

「う、うるせえ！　ふにゃふにゃなんだよ！　てめえもやってみろ、潰しても知らねえぞ！」

そうっと下ろされたオレは、くすっと笑って相方さんに飛びついた。

「う、うわっ」

慣れていないんだなあ、そうありありと分かる不器用な抱っこ。オレは太い首にぎゅうっとしがみついた。ふふっ、オレは中身がいっぱいだから、分けてあげる！　カロルス様やエリーシャ様が、そうしてくれるみたいに。

「2人とも大きいね！　オレも大きくなったらそんな風になりたいな！」

「俺たちみたいに？　何、言ってやがる……」

視線を逸らして俯いた冒険者さんに、にっこり笑って椀を差し出した。

「はい、抱っこしてくれたから、あげるね！」

相方さんにも椀を差し出すと、てっきりいらん！　って言われるかと思ったのに、真剣な顔で受け取られてしまった。どうしてそんな大事に椀を持って帰ろうとするの……。

＊＊＊＊＊

「…………」

熱心に手を合わせる男に、隣の男が訝《いぶか》しげに声をかけた。

「あんたいつも何やってんだ？　それ、形見かなんかなのか？」

「いいや、これは俺が馬鹿な男だった時、天使から賜《たまわ》ったものだ」

「へえ～、誰に騙されたんだ？　お前はお人好しだからな！　それにいくら払ったんだよ？」

大切そうに椀をしまった彼は、からかう男に真剣な眼差しを向けた。

「いいや、直接受け取ったんだ。まあ聞けよ――。昔、金がなくてな、依頼の品さえ渡せば飯が食えるって時に、事故で全部なくなってよ、荒れてたんだ。よくあるこった。そこで――」

――あの温かさを、あの美味さを、あの後悔を。俺は一生忘れない。

4章　旅の終わり

翌朝早めに休憩所を出発したオレたちは、朝食片手に馬車に揺られていた。

「これも美味いなー！　片手で食えるのもありがたい！　なあ、あんた嫁に来ないか？」

いつかのニースみたいなこと言ってる。だけどゲイラさんのとこに行くなら、普通に婿《むこ》じゃダメなの？　どうしてオレが嫁なの⁉　いやどっちにしろ行かないけど！　ちょっぴり納得いかない気分で、あむっと朝食にかぶりつく。今日は薄めに焼いたホットケーキを二つ折りにして、具材を挟み込んだもの。甘さ控えめでおかずタイプのパンケーキだ。フルーツとクリームを挟んだタイプも作ったら、こっちはゲイラさん以外の女性に大人気だった。

「あたしはこっちの方が美味い」

幸せそうに甘いのを頬ばる3人を横目に、ゲイラさんはロースト肉を挟み込んだスパイシーなやつを豪快に口に放り込んだ。ほっぺをぱんぱんにして咀嚼しつつ、ズボンで手を——。

「ゲイラさん！　服で拭いちゃだめ！」

「ふぉう、あいふぁほう。ふぁふが、ふぉめ！」

「なんて言ってるか、全然分かんないよ……」

とりあえず汚れた手を布巾《ふきん》で拭ってから、新たに熱い濡れ布巾を渡す。ゲイラさんは喫茶店のおじさんみたいに、わしわしと顔を拭いてにっかり笑った。

「おう、ありがとと！　さすが嫁だ、つったんだよ！　あーサッパリする！」

すっかりおっさんと化したゲイラさんが首筋や胸元まで拭き出して、慌てて退避した。おっさん風味が強すぎて色気のかけらもないけど、さすがにオレの前でそれはダメだと思う。

「美味しかったあ～！　お腹もいっぱいだし、私今までで一番幸せよ！」

「ホントねえ～！　こんなのが食べられるなら、ずうっと馬車に乗っていたいわ」

「姉ちゃんたちは貧乏なのか？」

バッと左右から口を塞《ふさ》いだオレとラキの手も間に合わず、タクトから気持ちいいほどストレートな質問が飛び出した。

「ふふっ！　そうなの。私たちの家はちょっと貧乏なのよ」

「そうか！　ウチも貧乏だけどな、俺が冒険者でいっぱい稼いでやるんだ！」

「あら、偉いわねぇ。ウチはおじいが植物に詳しくてね、いろんな薬草を採って売っていたのだけど……ちょっと体を壊しちゃってね。それで回復薬を買ってきたのよ」

お姉さんは、カバンからきれいな瓶《びん》を取り出して見せてくれた。

「あれ？　オレが教えてもらった回復薬と、お薬の色がちょっと違う？」

「おや、そんな小さいのに調合のお勉強をしているのかい？　他の薬草と種を加えて、上手く魔力を通せばこうなるのよ。こうなると2ランクは上の回復薬なの」

おばあさんが少し嬉しそうに話してくれた。

「すごい！　もしかして、おばあさんは調合師さん？」

ぴょんとおばあさんの隣へ飛び移ると、期待を込めてじっと見つめる。

「うふふ、そうねえ……昔は、って言った方がいいかしらね」

「おばあは今も調合師だよ！」

「そうだよ！　おばあが回復薬作ってくれるから、今までやってこられたのよ！」

一生懸命抗議する2人に、おばあさんは少し困った顔で微笑むと、彼女らの頭を撫でた。

「ありがとうね。2人はいい子ねえ。天使様はきっと見ていて下さるからね」

「もう！　おばあはすぐ子ども扱いする……」

頬を膨らませた女性は、どう見積もっても中学生くらいだ。十分子どもだけど、そのくらいの年で結婚する貴族もいるそうだから、こちらでは大人に近いのだろうか。

「ばあさんスゲーな！　調合師って難しいんだろ？　姉ちゃんたちも調合師になるのか？」

「ううん、そうできたらよかったけど、魔力がないから調合師は無理みたいなのよ」

そうか、調合師にも魔力がいるんだね。じゃあおばあさんには魔力が——あれ？　おばあさんが調合できるのに、どうして危険を冒してまで回復薬を買いに行ったんだろう？　オレは不思議に思ってじっとおばあさんを見上げた。

「バレちゃったかしら。そう、もうおばあちゃんだから魔法が使えないの。病気みたいなものね。年を取るとそういう人もいるの。こう見えて、昔は魔法使いとして活躍していたのよ？」

おばあさんは少し寂しげに微笑んで、オレの頭を撫でた。そうなの？　老化現象だと無理だろうけど、病気なら回復薬で治せないんだろうか？　購入した回復薬を、おばあさんが使ったらいいんじゃないだろうか。オレの視線に気付いて、お姉さんが首を振った。

「私たちもね、おばあにこれを使ってもらったらどうかって言ったの。でも――」

「いいえ、その回復薬では治らないの。それに、私は魔法が使えないだけ。別に命に別状があるわけじゃないもの。おじいさんはこれが必要なのよ」

おばあさんは、きっぱりと言った。じゃあ、おじいさんは命に別状があるってことだ。本当にお薬で治るんだよね？　回復なら、オレの得意分野だけど……何かできないかな。

「うふふ、本当にいい子ね。あなたがそんな顔で悩む必要はないの」

おばあさんはオレをお膝《ひざ》に乗せて、胸元に寄りかからせた。リズミカルに背中を撫でる、慣れた手つきが無性に懐かしくて、きゅっと喉の奥が痛くなった。そのごわごわとよれた服は、砂と埃《ほこり》、そして収納していたであろう木箱の香りがした。

「ユータ、着いたぞ。街を見たいんだろ？」

「え。――え？」

タクトの声にまぶたを開ければ、目の前を塞ぐ何か。

「……どうしてオレの頭を机にしてるの！」

オレの視界を広げた教科書が塞いでいる。オレはタクトの硬い膝枕で寝ていたようだ。

「だってよ、ちょうどいい高さだったし。ちゃんと枕もしてやったろ？」

それについてはありがとう！　だけど！　オレの顔面に教科書を広げるのはどうかと思う。

「ユータ、おばあさんのお膝で寝ちゃうんだもん～。重いでしょ？　気を付けないと～」

慌てて謝ると、おばあさんたちはクスクスと笑った。

「街に着くまで抱っこしていたかったのだけど、取り上げられちゃったのよ。おばあちゃんは嬉しかったわよ、ありがとうね。ぽかぽかして柔らかくて、とても気持ちよかったわ」

そ、そう。オレ、そんなに柔らかいかな……。おばあさんにまでそんなことを言われると、気になってしまう。そりゃあ、あの冒険者さんやタクトほど硬くはないと思うけど。

「あなたたちはこの先へ行くのね、残念だわ。美味しいごはんをいただいたのに、何もお礼できなくてごめんなさい。天使様のご加護がありますように……」

「またここに来たら顔を出してね！　おじいが治っていれば、薬屋をやってるはずだから」

彼女たちは一足早く、小さな街でゲイラさんの馬車を降りた。名残惜しそうに手を振るおばあさんに、オレは馬車から飛び降りて小さな茶色い瓶を渡した。

「これね、オレの作った回復薬なの。ちゃんとできてるか分からないけど、あげるね！」

「まあ、小さな調合師さん、ありがとう。あなたに天使様のご加護がありますように！」

そう——天使様のご加護がありますように！

＊＊＊＊＊

「ただいまー！　おじい、調子はどう？」

「お帰り、調子はいいとも。ほら、少しだけど薬草も採ってきてある」

ベッドから起き上がったおじいさんは、粗末なテーブルを指して弱々しく微笑んだ。

「無理したらダメって言ったのに！　そうそう、おじい、馬車ですっごいことがあったんだから！　天使様みたいな子にも会っちゃった！」

「すっごく美味しいもの食べてきたの！　でも、おじいにあげられなくてごめんね……」

瞳をきらきらさせる少女たちに、おじいさんが嬉しそうに相槌《あいづち》を打つ。傍らではおばあさんがさっそく回復薬をと、ぺたんこのカバンに手を入れた。

「あら？　うふふ、これは大切にとっておきましょうね」

回復薬と一緒にころりとテーブルに転がり出たのは、小さな茶色い小瓶。黒髪の幼子《おさなご》の笑顔が思い起こされ、おばあさんは柔らかく微笑むと、小瓶を大切に棚に飾った。

その夜、２人は満足げに眠りについた少女たちを眺めていた。

「――無理をさせたな。ただ、この回復薬で完治はできんからなあ。この子らが自分で生活できるようになるまで、もつだろうかの？　やはりお前が魔法を取り戻す方法を――」

「おじいさん、それは難しいって分かってるでしょう？　それにね、この子たちももう大きいわ。そろそろ自分たちでなんとかできる年よ。私たちの役目も、もう終わっていいのよ」

少し寂しげな微笑みで返したおばあさんは、ろうそくを吹き消して自分も横になった。やがて、寝息だけが聞こえる質素な室内で、ぽうっと小さな明かりが灯る。

ひら、ひら――。小さな小さな光の蝶が、１匹、２匹……次々おじいさんの元へ集《つど》うと、暗闇に溶けるように消え去った。

「……ありがとう……。あなたは、やっぱり天使様だったのね……」

隣で眠っていたはずのおばあさんの瞳から、一筋、涙が流れた。

＊＊＊＊＊

オレだっていつもいつもへまをするわけじゃない。今回はアリバイを確保した、絶対大丈夫な作戦を立てたんだから。オレは皆が寝静まったあと抜け出すと、おばあさん家の外から回復の蝶々を発動させた。遮光瓶《しゃこう》じゃないと発光しちゃうレベルの回復薬だけど、中身の生命魔法を消費すれば、ただの回復薬になる。これで証拠隠滅。パーフェクト、だ。

『そうかしら？　そう上手くいった気がしないのだけど』

まったく、モモは心配症なんだから。唯一の心配は明日起きられるかどうかくらいだ。寝袋の中でみるみるとろけ出す意識に身を任せていると、隣の寝袋がごそりと身じろぎした。

「お帰り～、おじいさん大丈夫だった～？」

「ん……ラキ、起きてたの？　うん、大丈夫だったよ……」

「そう～。またこの街に来たら、顔を出しに行こうね～」

ふわっと微笑んで頷くと、ラキもくすっと笑っておやすみ、と言った。

『あなたって人は……！　もういいわ!!』

モモの柔らかアタックすら心地よく、オレは満足して眠りについた。ラピスもつぶらな瞳をとろんとさせ、小さなお口で大きなあくびをすると、オレの上でころりと横になった。

——おやすみ。おばあさんが起きていたような気がしなくもないけど、言ったらユータが気にするから、まあいいの。もしユータにまずいことがあれば、あの辺り更地にすればいいの。

オレの気配に包まれ、ラピスもひとつ頷いて眠りについた。


「ゲイラさんを覚えておいてくれよ？　いいな？　次に来た時は必ず指名するんだぞ？」

「う、うん！　だいじょうぶ、覚えてるよぉ——！」

おばあさんたちに続き、オレたちもゲイラさんと別れる日。ぎゅうっと力任せに抱きしめられて、じたばたする。ゲイラさんこそ、オレの名前覚えてね!?

次の馬車はハイカリク方面だから、大きめの幌馬車に乗客がいっぱいだ。

「——姉ちゃんたちのじいさん、治ったかな？　今度近くに行ったら、見に行こうぜ！」

「そうだね～、きっと治ってるよ～」

ラキが、ちらりとオレを見て言うと、モモがふよんとオレの頬をつついた。

『おじいさんだけじゃないわよね～』

『えっ？　主、いつの間におばーさんも治したんだ？』

チュー助がクイクイとオレの耳を引っ張るので、仕方なく耳打ちする。

「時間はいっぱいあったでしょう？　オレ、おばあさんのお膝にいたんだから」

『そっか！　おばーさんを治療するために主は寝たふりしたんだな！　俺様感心したぜ！』

……うん。せっかく感心してくれているんだから、そういうことにしておこう。


「ちぇ～、オレたちだって護衛できるのにさ！」

タクトは、ばさりと教科書を下げて空を仰《あお》いだ。ハイカリク行きの馬車は人気があるから、冒険者の数も護衛希望の数も多い。今回オレたちは普通にお客さんとして乗車だ。

「早い者勝ちだし、他に冒険者がいるのに、僕たちに頼もうって人はいないと思うよ～」

馬車の護衛さんは、いかにも冒険者って感じの人たちだ。こういうのを見ると、護衛には見た目の印象も大事なんだなって思う。強そうだと思えば魔物も人も襲ってこないもんね。

「オレたちは子どもだから、見た目で損だね……早く大きくなりたいね」

大きな逞しい護衛さんを見つめてぽつりと呟くと、ラキとタクトが気の毒そうにオレを見た。意味深に顔を見合わせた2人に、なんだか無性に腹が立つ。

「なあに!?　2人だってオレと一緒でしょ！」

「一緒じゃねえよ！　ま、子どもってくくりでは変わらねえけどな。でも俺は今にカロルス様みたいになるからな！　お前はな～、大人になったからって、なあ」

「僕も、家族みんな大きい方だからね～。多分大きくなるよ～」

お、オレだってカロルス様みたいになりますー！　オレの方がカロルス様と同じ食事を食べているんだから、タクトより近いはずだ！

のんびり進む乗り合い馬車は、何事もなく夕方には休憩所に到着した。ここは利用者が多いせいか、おいそれと越えられない高さの塀でぐるりと囲まれ、かがり火が焚《た》かれた出入り口には兵士さんがいる。なんでも森が近い割に人が多いから、結構厳重なんだそう。

「なんだよ、こんな護衛なら楽じゃん！　兵士さんが見張ってくれてるなんてズルいぞ！」

「これもあるから、人気の護衛なのかもしれないね～」

不満そうなタクトは、バターが滴りそうになった芋をがぶりと頬ばった。

「あっ、あふっ！　ふぁふ、はふ……！」

じゃがバターだもの、そりゃあ熱いよ。ジャガイモって名前ではなかったけど、味も見た目もジャガイモだからもうそれでいいだろう。立ち上がってハフハフと手まで羽ばたくタクトにお水を渡し、オレも黄金のバターが溢れそうになったお芋を一口。ほふっと吐き出した吐息まで熱い。暗がりの中にはお芋の白い湯気が上がった。

「お芋とバターって、シンプルだけど美味しいよね～」

「ほんとに！　とろけたバターの塩味がお芋の甘味を引き立て、ほこほこしたお芋にじゅわっと絡んで食感とコクをプラスする！　これで完成形、もうこれ以上のトッピングは無粋《ぶすい》。シンプルで完成された味！　これは目玉焼きと並ぶ、究極の料理の形だと――そう思わない⁉」

「……そこまでは思わないけど～」

拳を握って熱く訴えかけたのに、ラキの薄い反応に口を尖《とが》らせる。

「ま、とりあえずうまいぞ！　熱いけど！」

涙目になっていたはずのタクトは、生命魔法水で口を癒《いや》して既に食べ終えたらしい。今度は焼きおにぎりでほっぺたを膨らませている。休憩所にたくさん人がいるので、目立たないようにと、今夜はシンプルなじゃがバター、焼きおにぎりに、角切りの肉入り野菜スープで夕食だ。こういうのも、冒険ごはんって感じでいいよね！

『スオー、これ好き』

「あ、蘇芳！　バターだけ食べたらダメだよ！　お芋と一緒に食べるから美味しいんだよ」

『じゃあ、スオーはバターおかわりする』

もう、お芋が冷めちゃったらじゃがバターの美味しさは消えちゃうんだよ？　仕方なく追いバターしてあげると、タオルでくるんだお芋を両手両足で抱えて、今度はちゃんと大事そうに食べていた。もふもふ毛並みは、零れたバターとお芋で無惨なことになっていたけれど……。

オレは熱々になった体を冷まそうと、ごろりと草の上に転がった。夜は草が冷たくてしっとりする。目隠しするような夜空を見上げ、ざわつく胸を上下させた。

「もう終わっちゃうんだね～」

小さなたき火を瞳に映し、ラキがぽつりと呟いた。ざわざわする胸が、きゅっと締まる。帰りたくない。だけど――だけど。大きな手が、大きな体が、大きな心が。ぐっとオレを抱きしめたあの感触が。胸にせり上がる思いは、早く早くと急かして苦しいほどに。

『帰りたくないけど、帰りたいね。嬉しいね！』

オレを覗き込んでにこっとしたシロに、首を傾げる。嬉しい、かな？

『どっちも好きだから、どっちも楽しいんでしょう？　嬉しいね？』

ぱっと笑った顔を見上げると、胸のざわざわが減っていく。そっか……どっちも嬉しいんだ。

「なんで終わっちゃうんだ？　せっかく始まったのに！」

隣で転がっていたタクトが、不服そうに半身を起こした。

「……そっか～。そうだね、これからだもんね～」

始まったところ。そうか、そうだった。きゅっと口角が上がって、胸がどきどきした。

オレたちは満天の星を見上げて笑うと、小さな拳を合わせた。

「ふう、帰ってきた！　って感じがするね。すっかり『帰る場所』になった気がする！」

ハイカリクのギルドで依頼完了の手続きを終え、オレたちは寮《りょう》の部屋へ帰ってきた。

帰る場所が欲しいと思うのは、やっぱり地に根を張って生きる民族故なのかな。オレには結局、畑を耕して日々を静かに暮らす生活が合っているのかもしれない。

「……でも、楽しかった！」

「ん？　そうだね～楽しかったよ、色々と勉強にもなったし実力も上がったしね～。依頼とは関係ないとこで、だけど～」

ラキはカバンを下ろしてうーんと伸びをした。わあ……ラキ、本当に背が伸びた。そうやって腕を伸ばすと、見上げるほどに背が高い。ふと、不安が胸を掠《かす》めた。

「なに～？　どうしたの」

曇った表情を気付かれたらしい。首を傾げたラキに、言い淀《よど》む。なんでもないよ！　とにっこりしたオレに、背の高い影が苦笑して近づくと、両脇に手を入れふわっと持ち上げられた。

同じ視線の高さで見つめたその顔は、どこか真剣味を帯びていて戸惑った。

「ラキ……？」

「置いていかないし、パーティを外したりもしない」

ラキの芯の強い瞳が、真っ直ぐオレを見据えてゆっくり言った。ぽかんとしたオレに、くすりと笑って表情を崩し、肩をすくめた。

「ユータはね、先に随分中身が大きくなっているから、成長していない気がするだけだよ～。僕たちだけ大人になっていくわけじゃないんだよ～？　――あれ？　違った～？」

違わないでしょ？　と言いたげにくすくすしながら手を伸ばし、上のベッドへオレを乗せてぽんぽん、と肩を叩いた。オレは声もなく唇を引き結ぶ。

「じゃ、僕は疲れたから少し寝ようかな～？　そうだね、夕飯前まで寝ることにするよ～」

水気を含んだ瞳で睨んでみても、それもきっとお見通しなんだろうと思うと、無性に悔しい。そして安堵してしまう自分が腹立たしい。守る側にいたいのに、守られて安心してしまう心に、どうしてもオレは幼児だと思い知らされる。

落ち着かない心が人の温《ぬく》もりを求めるのに、ラキはまだ明るい中で寝てしまった。硬い腕と温かな体温に包まれて安心したい。そして低い声が体に響いて――そう、カロルス様に会いたい。エリーシャ様に、セデス兄さんに会いたい。そう思うと堪らなくなってきて、そっと布団に潜り込んだ。ラキは夕飯前までは寝るって言っていたもの、それまでは大丈夫なはずだ。大好きな顔を思い浮かべ、オレは布団に隠れて光に溶けた。

『あなたは本当に……思惑通りね』

モモの呆れた呟きも、ふわりと消えた。

ロクサレンの自室に着いた途端、オレは扉を開け放って一直線に走り出した。

「お、ユータ帰ってきたか！　おかえ……おうっ⁉　あぶねえ……」

　階下にカロルス様を見つけ、オレは夢中でその笑顔に向かって飛び降りた。受け止めた強い腕に、硬い体に、ぎゅっと黙ってしがみつく。腕に渾身の力を込めても、オレの体が潰れるばかり。低い声が心地よくオレの体を通り抜けて、呆れるほどの満足感に苦しくなった。

「……どうした？　嫌な目に遭ったか？　辛いことがあったか？」

　心配そうな声音と共に、ピリリ、と感じた空気。顔を上げると、いつの間にか周囲にみんな揃っていた。執事《しつじ》さんとマリーさんの険しい顔に、慌てて首を振る。

「う、ううん。大丈……夫」

　答えた途端にぐっと喉から何かせり出してしまいそうで、すぐさま硬い胸板に顔を埋《うず》めた。

「ふふ、寂しかったかい？」

　クスクス笑う声がからかうように、オレのほっぺをぷにっとつついた。

「ユータちゃんは、甘えたくなっちゃったのね～」

　優しい指がさらさらと髪を撫でるから、ますますカロルス様に顔を押しつけてしまう。オレ、もう冒険者だもの……。魔物だって倒せるし、依頼もこなせるようになった。なのに、ここへ来ると、どうしてこう赤ちゃんみたいになってしまうのか。

「ユータちゃん、おいで」

カロルス様の硬い腕から、どこもかしこも柔らかなエリーシャ様の腕に代わった。ソファーに掛けた膝の上で、温かな腕に包み込まれる。ふんわりと香る優しい香りに、思わず緩みそうになった涙の栓《せん》を慌てて閉め直し、ごしごしと乱暴に顔を擦った。

「ユータちゃん、いいのよ、ここはおうちなんだから、甘えればいいの。頑張ってきたんでしょう？　こんな小さな体で頑張ったの。ちゃんと気を緩める時も作らないといけないわ」

まるで、それが必要なことであるようなエリーシャ様の言葉に、体から力が抜ける。

「いいの……？　でも、でもね、タクトとラキは泣かないと思って。2人とも、大きいし、硬いし、オレよりずっと早く大きくなるの。オレの方が大人だと思っていたのに。なのに……」

とことんオレを甘やかす優しい指に撫でられて、つい不安が口をついて溢れてきた。本当にオレも成長しているのだろうか。むしろ薄れていく地球の記憶と共に、どんどん後退しているようで怖い。ぎゅっと胸を締めつける苦しさに、熱い涙がほろほろと声もなく溢れては流れた。

「置いていかれるみたいで、怖くなっちゃったのね。ユータちゃんは随分大人びていたから、そう思っちゃうのね。でも、大丈夫よ、置いていかれたりしないから」

きっぱりと断言したエリーシャ様に、オレは思わず顔を上げてエメラルドの瞳を見つめた。

「2人が随分早く大人になっていくのはね、ユータちゃんがいるからよ。あなたを守りたくて頑張っているのよ。あなたに守られたくない、ってね」

きょとんと瞬いた瞳から、大粒の涙がころりと流れてオレの手の甲に落ちた。

「ユータだって、アンヌちゃんと一緒にいて、アンヌちゃんの方がしっかりしていたら、もっと頑張ろうって思わない？」

こくりと頷いたオレは、今度はセデス兄さんの腕に支えられてその膝に座った。

「2人だってそう。いくらユータがしっかりしていて強くたって、頼られたいし守りたいよ。守らせてあげてよ。ちゃんと頼っていいんだよ。友達は頼って、頼られていくもんだよ？」

頼って、頼られて。そっか、オレが得意なところはラキたちが頼ってくれる。オレがダメな時、ダメなところは同じように頼ったらいいんだ。

「それによ、お前みたいな優秀ぽんこつ、誰も手放さねえよ！　勿体《もったい》ねえ」

わはは、と笑ったカロルス様が、片手でオレを掴んで右肩へ乗せた。天井のランプシェードに頭をぶつけそうになって、思わずしがみついてきゃっきゃと笑うと、エリーシャ様たちもふわっと微笑んだ。カロルス様の頭をしっかり抱えて頬を寄せると、硬い眉毛がチクチク頬に当たる。それが無性におかしくて、オレは何度も頬ずりしては笑った。

「ムゥちゃん遅くなってごめ――」

長期依頼の間、ロクサレン家でＶＩＰ待遇を受けていたムゥちゃんは、どうやらメイドさんたちのお部屋に連れ込ま……連れていってもらったようだ。取り急ぎ迎えに行ったオレは、大きなテーブルの上で、両手を上げて駆け寄ってくるムゥちゃんに思わず言葉を失った。

「ムィー！　ムムゥーー!!」

純真無垢な瞳にきらきらと涙を溜めて、満面の笑みでとてとてやってくるムゥちゃん。どう見ても感動の再会。……ここで笑うわけには……笑っちゃ――。

「――っぶふぅっ！　あははっ！　あははは!!」

無理だった……。その頭？　にはひらひらしたメイドさんカチューシャ、体にはふりっふりのメイド服。に、にんじんがメイド服を着てるぅー！

「――ねえ、出てきて～。ムゥちゃん、ごめん～！　ちょっとびっくりしただけだよ」

オレの爆笑にむくれたムゥちゃんは、手近なコップの中に入り込んでむくれてしまった。そうしているとコップが植木鉢みたい。

「ムゥ……」

ちらっとオレを振り返ってはそっぽを向く小さなムゥちゃんに、オレはもう一度ごめんね、と言って、コップごと引き寄せた。

「寂しかったのに、頑張ってくれたんだよね？　ありがとう！　おかげでちゃんと依頼をこなせたよ！　海の中にも行ったから、お留守番してくれていて助かったよ」

海の中、と聞いてムゥちゃんが恐ろしげにわっさわっさと葉っぱを揺らした。塩水はマンドラゴラにもよくないらしい。海岸のお散歩も、あまり行きたがらないもんね。

「それとね、タクトが随分ムゥちゃんに助けられていたんだよ」

聞くなりぴょんとコップから飛び出したムゥちゃんが、むふーっ！　と得意げな顔をした。

そう、十分誇っていいと思うよ！　だってタクトはムゥちゃんかオレがいなかったら、冒険に行けないかもしれないからね！　ドラゴンやグリフォンに乗りたいなんて言ってたけど、馬車でも酔うのに無理なんじゃないかな。

ご機嫌の直ったムゥちゃんを連れてオレのお部屋に帰ると、ばさりとベッドに体を投げ出した。思い切り両手足を伸ばしても、まだまだ余裕のあるベッド。クロールどころか平泳ぎだってできちゃうんだもの。

『きたよー！』『ユータ、なにしてるの？』『いっしょにやるー！』

ぽぽぽふっ！　とお布団に飛び込んできたのは、久々の妖精トリオ。

「わあ！　久しぶりだね！」

平泳ぎを教えてあげて、みんなで一緒にお布団遊泳する。すべすべのシーツが心地いい。

『……何やっとるんじゃ……』

呆れた声に、満面の笑みを向けた。チル爺だ！　相変わらず仙人みたいにもっふりしたお髭《ひげ》の妖精さんは、ちょこんと腰掛け、しげしげとムゥちゃんを眺めていた。

『ふむ、このマンドラゴラはよい魔力を受けて素直に育っておる。さすがじゃの、聖域以外でこのように育てられるとはの』

「聖域のマンドラゴラは、ムゥちゃんみたいになるの？」

『そうじゃの、ワシらが育てているのは正確には聖域と接する場所、じゃがのう。聖域では当然このようになるじゃろうて』

じゃあ聖域や妖精の国に行けば、ムゥちゃんにたくさんお友達ができるかもしれないね。

『のう、葉っぱを1枚いただけないかのう。ばあさんが欲しがると思うでな』

「ムィ！」

はいどーぞ！　となんの躊躇《ためら》いもなくプチリとむしって渡された葉っぱに、チル爺が嬉しそうにムゥちゃんをなでなでした。

『ほんに気立てのよいマンドラゴラじゃ。のう〜？』

「ムゥ〜！」

鏡合わせみたいに首を傾けてにこにこ。チル爺、まるで孫をかわいがるおじいさんだ。

「ねえ、ハイカリクの街にも来てって言ってたでしょう？　なかなか来てくれないんだから」

『もうそんなに時が経ったかの？　それはすまんのぅ、あとで案内してくれるか？』

「うん！　じゃああとでなんて言わずに、今行ってみる？」

だって、またなかなか来ないだろうから。言うが早いかチル爺のちいちゃな手を取ると、ふわーっと光に包まれる。チル爺のなんとも言えない声が聞こえた気がした。

「はい、到着！」

『ぶはっ！　はあ、はあ……。わ、ワシ……生きとる⁉　ちゃんとワシになっとる？』

秘密基地の床に座り込んだチル爺が、放心状態でぺたぺたと全身を確認している。

「チル爺、転移は慣れてるんでしょう？」

『お主の転移はちょっと違うじゃろう！　溶けてなくなるようで怖いわ！』

セデス兄さんも怖いって言ってたなぁ。ふわっと拡散するの、心地いいと思うんだけど。

『で、ここが秘密基地じゃな？　よし、たまに遊びに来るとしようかの』

「うん！　オレ、日中は学校にいることが多いけど、放課後なんかはここに来ることも多いんだよ！　妖精さんたちが遊べるスペースを作っておくね！」

『どうしておいていくのー！』『ずるーい！』『つれてってー！』

お部屋へ戻ると、妖精トリオから非難の嵐だ。今から秘密基地へ行くと言って聞かないので、転移ポイントの確認作業を兼ねて行ってくるようだ。

妖精さんたちにバイバイと手を振ると、オレも別の目的地へと転移した。

「――美味しい？　面白い食感でしょう？」

「甘い」

ファンシーなカラフルボールを頬ばる大きな獣。そんな口いっぱいに入れるものじゃないと思うけど。全部味が違うんだから、もうちょっとこう、1粒ずつ味わって欲しい。

海人料理をお土産《みやげ》にルーのところへ来たのだけど、ルーは貝や海藻料理よりもアガーラがお気に召したみたい。台詞からは分からないけど、しっぽはご機嫌だ。

「それでね、タクトは水中戦闘にものすごく強くなってね、ラキは――」

ルーにもたれて話し出すと、おしゃべりが止まらなくなる。まるで興味はなさそうだけど、一応耳をぴくぴくさせてこちらへ向けているので、ちゃんと聞いてはいるのだろう。

お腹が満足した様子のルーは、目を閉じて伏せた。『撫でさせてやってもいい』モードかな。しっぽがご機嫌にぴこぴこするのを眺めながら、うつ伏せて手を滑らせる。

艶めく漆黒《しっこく》の被毛には光の輪ができて、オレの撫でる手に沿って移動していく。しばらくここに来られなかったけど、以前ほどの獣臭《けものしゅう》がしなくなったのは、定期的にお風呂に入っているのだろうか？　もしかして、人型で入れば便利だと気付いたのかも。頭にタオルを乗せ、仏頂《ぶっちょう》面《づら》で露天風呂に浸かっているルーを思い浮かべ、オレはくすくすと笑った。また、一緒にお風呂に入ろうね。人型になってくれたら、髪を洗ってあげよう。

漆黒の毛並みに浮かぶ虹色の光を追って、オレは何度も手を滑らせた。

◆◇◆◇◆

今日は、アリス伝手《づて》にロクサレンが嵐だと聞いてやってきた。ガタガタ激しく鳴る窓枠が、外の暴風を物語っている。外側から板打ちをしてあるけれど、今にも外れてしまいそうだ。

「よし、中からも打っとくか！」

「カロルス様がされると家が傷むので、そこに座っていて下さい」

冷たくあしらわれ、シュンと椅子に戻るこの館の主。メイドさんたちが手際よく板を打ったり、家具を片付けていた。風は強いけれど、この分だと心配はなさそうだ。

——ラピスたちはお外に行ってくるの！

「え？　大丈夫？　飛ばされちゃうよ⁉」

——いいのー！

えっ？　よくはないでしょ⁉　慌てて外へ出ると、ラピス部隊は案の定、あっという間に吹き飛ばされた。ああ、まるで花吹雪のよう……ってそうじゃない！

「ラピス!!」

――なあにー？

焦って叫んだところへ、ひょいと戻ってきたラピスにカクンと拍子抜けした。あ、遊んでたの……？　こんな日に遊んじゃダメだよ……。

――ラピスたち、お外をけいかいしてるの！　だからユータは中にいるの！

「もう、気を付けてよ……」

邪魔しないでと言わんばかりのラピスに苦笑する。さてオレは戻ろうと振り返った時、ごうっと突風が吹いた。

「わあっ」

しまった……！　この小さな体は、こんなに簡単に飛ばされてしまうの!?

『ゆーた、危ないよ』

ひょいと襟首《えりくび》を咥えられて、オレはまるで旗のようにぱたぱたとなびいた。

「あ……シロ、ありがとう」

咥えられたままトコトコ室内に戻ったら、エリーシャ様とマリーさんにすごく怒られた。

オレだって大丈夫なのに。仕方なくブラッシングでもしようと、大中小、３つのブラシを並べてみんなを呼んだ。

『主、もうちょい下！　そこそこ！　あーいいわ』

うつ伏せて組んだ腕に頭を乗せ、チュー助はまるでエステかマッサージでも受けているようだ。あまりに人っぽい。腰にタオルをかけたらまさに！　って感じで笑ってしまった。

ティアはブラッシングじゃなくってカキカキだ。頭の後ろや背中なんかを指でカキカキすると大層喜んで、時々ヒョイヒョイと自分で向きを変えては好きな位置を差し出してくる。ふわふわなティアの羽毛に、オレの小さな指は付け根まで埋もれてしまう。

『お願いするわ』

モモは梳《と》かすほどの長さがないけど、マッサージを兼ねてブラシで上から下へ、優しく撫でてあげるんだ。ふよん、ふよよんとした感触で、オレも心地いい。

『気持ちいいわ～。甲羅《こうら》の時もやってもらえばよかったわね』

うーん、甲羅だとたわしとかで擦る方が気持ちよさそうだけどね。

『次、スオー』

蘇芳はちょこんとオレのお膝に座って背中をもたせかけた。蘇芳はいつもこのスタイルだ。背中から手を回してお腹をふわふわに梳かす。ブルーグリーンの被毛も相まって、なんだかぬいぐるみをブラッシングしているみたいだ。お腹側を終えて声をかけると、くるりと向かい合わせになってオレのお腹にしがみついた。ふふっと笑って背中側も丁寧《ていねい》に仕上げる。

『ありがと』

終わったよ、の声に残念そうに離れると、肩車のようにオレの後頭部を抱えて座った。

「さあ、シロ最後まで待って偉かったね！　ゆっくりブラッシングしようね」

しっぽをぶんぶん、にこにこスキップでやってきたシロが、オレの膝に頭を乗せて横になった。オレの小さな膝じゃ、シロの大きな頭は乗せきれない。輝く毛並みに指を滑らせながら、一番大きなブラシでしっかりと梳かしていく。お膝に頭を乗せちゃうと、オレの短い腕ではシロの上半身しか届かないけれど、それでもいいらしい。

「なあに？」

水色の瞳がじっとオレを見上げている。シロはなんでもないよと嬉しそうに笑った。

サラサラのピカピカになった毛並みが心地よくて、何度も指を滑らせて撫でていると、やがてすぴ、すぴ……と鼻の鳴る音が聞こえ始めた。力の抜けた体に、幸せそうな寝顔。

もうひと撫でして立ち上がろうとした時、室内に丸い綿毛が飛び込んできた。

――ユータ、ただいまー！

「わっ？　ラピス？　みんなどうしたの⁉　タンポポの綿毛みたいになってるよ⁉」

――ぐちゃぐちゃになったから、洗って乾かしたの！

ぼふっと丸いふわふわ綿毛は、なんだか余計によく飛んでいきそう。ラピスと管狐《くだぎつね》部隊はつぶらな瞳をきらきらさせてオレを見上げた。……楽しかったんだね。

「じゃあこっちにおいで、みんなもブラッシングしよう」

オレは少々固まってきた体を伸ばすと、小さいブラシを手に取って微笑んだ。


「こっちの方は、あんまり風が吹かなかったみたいだね」

今日は午前の授業がないので、特に目的もなくふらりと街へ出てきた。昨日ロクサレンは暴風雨だったけれど、ハイカリクは特に被害もなく、露店市場も相変わらずの賑わいだ。喧噪《けんそう》に釣られ、シロはウキウキと体を弾ませる。オレの体もそれに伴って弾む。もう慣れたけど、相変わらずフェンリルの乗り心地はさほどよくはない。座席が最高級でも運転が……。

こうしてハイカリクに戻ってみると、なんだか当たり前だった街の光景が不思議に思えた。外はあんなに人以外の生き物で溢れているのに、街にはこれほどたくさんの人がいる。人の『巣』って大きい。街が巣なら、オレたち冒険者は働き蜂《ばち》みたいなものだろうか。

人も『生き物』ってカテゴリーの1つなんだなって、この世界ではつくづく感じる。

――ユータ、ラピス甘いのが食べたいの！　ユータのお菓子が食べたいの。

シロの背に揺られてぼうっとしていたオレは、我に返ってにこっとした。

『ほらゆーた、あれは？　お菓子に使える？　いい匂いだよ』

シロが選んだお店に一歩足を踏み入れると、そこはいろんな香りでいっぱいだった。花や果実のみずみずしい香り。そして、どこか懐かしい嗅《か》ぎ慣れたいい香り。

「この香りは——リンゴかあ！　うん、いいね～」

『これ！　スオー好き！』

そうだね、蘇芳はリンゴが好きだったね。小さなお手々でリンゴを上手に掴み、サクサクと囓っていた姿を懐かしく思い出す。あんなに小さかったのに、抱っこできるサイズになったんだもんね。なんだか不思議な気持ちで、ふわふわした毛並みを撫でた。

じゃあ蘇芳のためにも、今日はリンゴで何か作ろうかな？　目を閉じて鼻を近づければ、一段と強く感じる爽《さわ》やかな香り。シャクっと囓る食感と、甘酸っぱいあの味まで思い起こされて、じゅわっと口の中に唾液《だえき》が溢れた。

ああ、いいなあ。すっかり買う気で手に取ると、ぎゅっと重くて固い。この辺りのリンゴは小ぶりで種が大きく、酸味が強い。だけどそのまま食べられる大事な果実だ。なのに、カゴに盛られたそのお値段はびっくりするほど安くて、値札を見つめて首を傾げた。

「ぼうず、お使いか？　それ昨日の風で落ちちまった若いやつだから、安くしとくぜ！」

「そうなの？　じゃあ、甘くない？」

「まあ……そうだなぁ。熟《う》れたのに比べりゃ落ちるけどな」

ちょっとがっかりした顔のおじさんに、オレは満面の笑みを向けた。

「オレ、おやつ作るの！　だから酸っぱくていいんだよ。このカゴ丸ごと下さい！」

「そ、そうか！　よっしゃ、これもおまけだ。ぼうずが買ってくれて、リンゴも喜ぶぜ」

きょとんとしたおじさんが、日に焼けた顔をしわしわにして笑った。

「ジフ〜これ、お裾分けだよ！」

えっちらおっちら、大きなカゴをキッチン台に載せると、すぐさまジフが飛んできた。

「おう、リンゴか。まだ若ぇぞ？　酸っぱくて食えたもんじゃ……お前、何を隠してる？」

何も隠してないから！　詰め寄らなくても教えるから！　眼光鋭くオレの顔を掴んだジフの凶相《きょうそう》に、やれやれとため息を吐いた。

「お菓子に使うリンゴは、酸っぱくていいんだよ。その方がくどくなくていい……のかも」

実際は酸っぱいリンゴしか使ったことがないので、甘いリンゴでお菓子を作るとどうなのかは知らない。だって甘いリンゴはそのままが一番美味しいと思うしね。

腕組みをしてふんぞり返ったジフは、どうやらスイーツ作りを見学するようだ。

「リンゴの大きさは結構適当でいいの。オレはしっかり果実感あるのが好きだからこのくらい」

いくつかリンゴを切って皮と一緒に煮詰め、軽くキャラメリゼ。それをお手製の型に敷き詰めれば、あとはタルト生地を作ってかぶせ、焼くだけ！

「なんだ、簡単じゃねえか」

「うん、簡単なんだ。タルトタタンって言うんだよ」

１８０度のオーブンで！　なんてわけにいかないから、焼き加減が一番難しいんだけど、その辺りはジフの職人の勘と、熟練してきた管狐部隊・焼き担当班にお任せだ。最近はシロも匂いである程度の焼き加減が分かるらしく、ひとまず焦げるのは防ぐことができる。

「そろそろじゃねえか？」

『そうだね。ぼくも多分、そろそろだと思うよ～』

シロとジフが真剣な面持ちで頷き合った。確認しようと少しだけかまどの扉を開けた瞬間、何かがシュッと――かまどの中へ飛び込んだ!?　あれは、まさか管狐部隊の……！

「ウリスっ!?」

――大丈夫なの！　ウリスは焼き加減を直接見に行っただけなの！

「直接って！　かまどだよ!?」

助け出そうとするオレをラピスが止める。構わずかまどを開けようとした時、ウリスが半分凍った状態でかまどから飛び出してきた。呆気《あっけ》にとられるオレを置き去りに、ウリスはきゅきゅ、と何やら報告する。重々しく頷いたラピスが、きりっと顔を引き締めた。

――すみずみまで焼き尽くしたの！

高らかに告げると、焼き担当班がピンとしっぽを立てて、きゅ！　と唱和した。どうやら偏りなくきちんと焼けている、と言いたいらしい。

それにしても無茶苦茶だよ……。氷を纏ってかまどに飛び込むとか。オレ、ケーキに命賭けて欲しくない。だけど、ラピスとウリスは誇らしげに胸を張って鼻先を上げた。

――ウリスは職人気質なの！　自分の目で確かめてモノにするの！

そ、そう。管狐たちのことだから大丈夫なんだろうけど、お料理って楽しくするものだよ？　そんな必殺技の習得みたいに体を張らないで欲しいものだ。

と、痺れを切らしたシロが、ケーキが焦げちゃう！　と器用に口を使ってかまどを開けた。

途端に溢れる甘酸っぱい果実の香り、バターの香り、香ばしいキャラメリゼの香り。

『んーー甘い！　空気がうまい！　なんで空気は匂いしかないんだ！』

チュー助はすんすん鼻を鳴らしたり、ぱくぱくと空気を含んでみたり、1人で忙しそうだ。

「ほう、いい香りだ。これは家庭的な料理か？　美味いだろうが、見た目が今ひとつだな」

取り出したタルトタタンに、多少ガッカリしたようなジフ。このままだと、見えるのは載っけたタルト生地だけだもんね。

「見た目はそんなにいいお菓子じゃないけど……こうだよ！」

『あーーー!!』

せーの！　でくるりとひっくり返したオレに、チュー助が悲鳴を上げた。大丈夫、タルトタタンはこういうお菓子だよ。そっと型から外せば、艶めくリンゴたちが、きらきら飴色《あめいろ》のケーキとなって取り出された。

「お……おお⁉　リンゴしか入れなかったはずが、なんでこうなる？　これはジャムか？」

ごろごろしたリンゴの隙間はゼリー状のものが覆い、パティシエが丁寧にジャムをコーティングして成形したみたいだ。だけど、なんでかは知らないから聞かないで欲しい。

『おいしい……』

蘇芳はきらきらした瞳で、ほぅ、と息を吐いた。紫の瞳を閉じて、じっくりと余韻《よいん》を味わっている。オレも大きく取った一口を頬ばると、リンゴがこれでもかと主張して、口いっぱいに甘酸っぱい果実感が広がった。サクサクのタルト生地とバターの風味がそのあとを追いかけ、ただの果物では味わえないスイーツ感を醸《かも》し出す。それでいて決して気取らないその味は、どこか懐かしく、幸せを感じさせる力を持っていた。

「それ、足りるか？　なんでそれだけしかねえんだ？」

みんなで幸せを噛みしめていた時、当然のように声がかかって振り向いた。

「か、カロルス様⁉」

「いい香りね～！　今日は何かしら？」

「これってリンゴの匂いだよね？　どんなお菓子になったのかな～？」

なぜかずらっとお皿を持って並んだ館の面々。エリーシャ様たちの後ろにはメイドさんたちまで並んで、殺気寸前の圧迫感が漂っていた。結局、オレとジフはリンゴがなくなるまで、ひたすらタルトタタンを焼く羽目になってしまったのだった。


「うーん、今日も来ないね」

殺風景《さっぷうけい》な床に座り込むと、同じくお座りしたシロに背中を預けてもたれかかった。

『来ないね～匂いもしないから、多分来てないと思うよ』

チル爺が来るかもしれないと、オレは最近時間があれば秘密基地に行っている。

シロがゆっくりと床に横たわって、巻き込まれたオレもころんと寝転がった。サラサラの毛並みに頬を押しつけると、おでこにひやりと濡れた鼻が押しつけられた。

「ふふ、冷たいね」

『ゆーたは全部あったかいね』

ちょっぴり湿ったおでこを熱い舌がぺろりと舐めて、シロは拭ったつもりのようだ。クスクス笑って大きな頭を抱えると、フスーッと満足気に鼻を鳴らしてしっぽを振った。

『大きいのも、いいわね』

特訓をしていたらしいモモが戻ってきて、どことなく羨《うらや》ましそうにシロを見た。

『ありがとう！　ぼく、大きいの好きだよ。でも、モモみたいに小さいのも好きだよ！』

大きな舌に舐められて、モモは慌ててオレのお腹の上へ避難してきた。

『私のふわふわボディがべちゃべちゃになっちゃうわ！　そうね、大きいのも素敵だけど、小さいのもいいわ。こうしてゆうたの上に乗れるしね』

「ムゥムゥ！」

その通り！　と言いたげに、胸ポケットのムゥちゃんがピッと片手を上げた。

『スオー、中くらい。中くらいも好き』

オレの胸元に飛び込んできた蘇芳の大きな耳が、ふわふわとくすぐったくて思わず首をすくめる。小さな頭を撫でると、大きなお耳が合わせるようにぺたりと倒れた。

「そうだね、小さいのも中くらいも大きいのも、みんないいね。オレもみんな好きだよ」

どんな姿だって愛しいと思うよ。例えゴブリンになっていたって、きっとみんな好きだよ。

――ラピスも！　ラピスも甘えたいの！

「ピピッ！」

ぽふぽふっと両頬に柔らかな衝撃。小さな1匹と1羽を両手のひらにすくい上げるように乗せると、顔を突っ込んで頬ずりした。きゃっきゃと喜ぶさまに、オレも大満足だ。

『俺様……。俺様は、大人だし。立派な、戦士だし……』

特訓していたチュー助も戻ってきているけど、なぜかちょっと離れたところでぽつねんと立っていた。その丸い瞳はうるうると涙を溜めて、今にも決壊しそうだ。

「どうしたの？　チュー助、おいでよ～」

プライドが高い――らしいチュー助。普段好き勝手しているのに、急に遠慮し出したりするから不思議だ。拳を握って項垂れていたネズミは、うわぁんと声を上げた。両手を広げ、短い足で一生懸命てててっと走ってくる。そういう時くらい、4つ足で走ってもいいんじゃないかな。

きゅっとオレにしがみついたチュー助は、そうっと頬を寄せた。誰より甘えん坊なのに、こんな時に素直じゃないと辛いだろう。短く柔らかな毛並みを撫でると、モモの隣に乗せた。

『チュー助、顔が崩れてるわよ』

オレの上で大の字になって、多分ハグしているつもりらしい。

「そうだ、せっかくだから聖域の子も喚《よ》んで、ここで遊んだらどう？」

――じゃあ、みんな喚ぶの！

ラピスの『集合ッ！』の号令に合わせて、ぽぽぽぽっ！　と部屋中に管狐が現れる。

「わあ～こうして見るとたくさ……ん？　前よりたくさん……だね」

やっぱり増えてるー！　分かってたことだけど。

――お名前はセリスまで来たの！　でも、ユータもたくさん魔法使うから、増えるのはゆっくりになったの。……あと、ごはん美味しいから、ラピスもあんまり魔力食べないの。どちらかというと後半の理由の方が大きい気がするけど、これ以上管狐をぽんぽこ増やしても面倒見切れなくなっちゃいそうだもん、ゆっくりゆっくりにしたい。

――ユータが面倒みなくていいの！　これはラピスの部隊、面倒みるのは隊長の役目なの！

胸を張った隊長、立派なお言葉だけど、ヤキモチが透けて見えるのは気のせいだろうか。

ひとしきりあったかなもふもふたちとのんびり過ごしていたけれど、活発な管狐たちはだんだん静かにしていられなくなってきたようだ。この様子だと、ラピスの猛特訓も、この子たちにとっては激しくて楽しいお遊びなのかもしれないね。

『落ち着かないわね……』

きゅっきゅ言いながら転げ回ったり飛び回ったりする小さな管狐たち。微笑ましい光景ではあるけど、たまに飛んでくる魔法や、ヒュヒュンっと間近をすり抜ける高速飛行は、なかなかにスリリングだ。とてもじゃないけどリラックスできる状況じゃない。管狐たちを忙しく目で追う蘇芳なんか、そろそろ首がもげてしまいそうだ。ちなみにこんな銃撃戦のさなかみたいなところでも、シロとティア、チュー助はすやすやと眠っている。

『隅っこに遊び場でも作ってあげたらどう？』

「あ、それいいね！　管狐版アスレチックみたいなのがあると楽しいかも」

そうだ、もうちょっとこの殺風景な秘密基地を改造しようかな！　そうそう、妖精さんの遊び場や居場所もあれば、ここで寛いでもらえるなって考えていたんだっけ。

「うーん、タクトの訓練で結構スペース使うし、もうちょっと秘密基地を拡張しようかな」

一応、秘密基地の中には訓練場スペースと、キッチン、休憩スペースがあるのだけど、土が剥き出しで、土魔法で作った家具もどきがあるくらいだ。せっかく秘密基地があるのに、改造を忘れていたなんて！　もっと快適に、もっと秘密基地らしく！　考えるとなんだかワクワクしてきた。ここなら何をしても怒られない！　だって『秘密』基地だもの！

「作りつけの温泉みたいなのが欲しいな！　休憩スペースも快適にしたいし。あと、お宝を入れる秘密の倉庫もいるよね！　武器庫に食料庫、本棚も！」

『武器庫って……武器なんて今持ってる分しかないじゃない。お宝なんてあったかしら？』

「これから増えるの！　宝箱にね、金貨とか魔石を入れておくんだよ。素敵でしょう？　後々ここを発見した人が大喜びするよ！　武器は――じゃあ格好よく飾れる棚を作ろう！」

『誰のための宝箱よ……』

モモの呆れた台詞を置き去りに、オレはせっせと額に汗して働き出した。繊細なことはできないけど、管狐たちも手伝って、着々とリノベーションが進んでいく。

「せっかくこだわりの休憩スペースがあるんだから、訓練場とは区切った方がいいよね？　ティータイムにタクトが吹っ飛んできたらイヤだし」

ラピスと訓練したら、容赦《ようしゃ》なく吹っ飛ばされるからね。お料理の上にガシャーンなんてことになったら大ブーイングだもの、ちゃんと壁を作ろう。

『タクトが壁にぶち当たるのは、いいのかしら』

……えっと、タクトは結構丈夫だから。ま、まあ大怪我したら危ないから、壁の内部は柔らかい盛り土にしておこう。あとこっちにも部屋を作って――。


ハッと気付いたら、朝だったわけで。どうにも動かない体に、昨日やりすぎたことを思い出した。調子に乗って魔力を使いすぎ、ぶっ倒れてラピスに強制送還されたのだった。

「あれ？　ここは寮のベッド？　うっ……ラピス、体が重いよ……」

――ユータは無茶しすぎなの！　危ないの！

ラピスがぷりぷり怒っている。ごめんね、心配かけて。どっこいしょ、と気合いと共に体を起こすと、乾いた土がぱらぱらと落ちる。あのまま転移したんだもの、当然ながら泥だらけ、お布団まで砂まみれになってしまっていた。

「うわあ、とりあえずお風呂行かなきゃ。ねえシロ、オレを運んでくれない？」

『うん！　いいよ！』

ひょいと咥え上げてシロの背中へ下ろしてもらうと、ぺたりと伏せる。今は回復に慌てる必要もない。労働のあとの満足感のようで、取り去ってしまうのは惜しい気がした。

「ユータおはよう～。昨日はどうしたの～？」

「あのね！　秘密基地を改造してたんだよ！　あとで一緒に見に行こうね！」

部屋を出ようとしたところでラキも起きてきたので、目だけきらきらさせて訴えた。ざっくりしたところはオレがやったけど、みんなで相談して、細かいところを詰めていきたい！　みんなのアイディアもいっぱい入れて、最高の秘密基地にしたいね！

「ユータが倒れるくらい改造したの～？　それで……ああ、お風呂、僕も行こうかな～」

『じゃあラキもぼくに乗って！　タクトも連れていこうよ！』

そうだ、なら3人揃って秘密基地に行けばいいんじゃない？

「お？　おはよう！　お前らが朝早いの珍しいな！　ユータはなんで泥んこなんだ？」

部屋を覗きに行くと、朝の早いタクトはすっかり身だしなみを整えていた。きっとトレーニングだって済ませている。布団から出たままのオレたちと大違いだ。

シロに乗って最短距離で屋根の上を駆け抜けると、あっという間に秘密基地に到着した。

「あのね、お風呂と妖精さんたちのお部屋と、小部屋をいくつか作って――」

そわそわしながら説明すると、さあどうぞ！　と秘密基地への隠し扉を開けた。

「うわぁ〜すごいね〜。……覚悟はしていたけど、すごい、ね〜」

「うおお！　これ全部ユータがやったのか！　すげー！」

えへへ！　２人の驚きと喜びを感じて、オレの頬も上気する。案内したいけど、まずはお風呂だ。水を引くなんて真似できなかったから、お湯は魔法で入れなきゃいけないのが難点だ。

さてお湯を張ろうとしたところで、ラピスに止められた。

――ユータは魔力が少ないの！　無駄に使っちゃだめなの！

そ、そう？　でも、ラピスに頼んだらオレたち煮えたぎっちゃいそうだ。

――ここはオリスに任せるの！

オリスはお料理担当としても活躍するから、お湯の温度管理くらい朝飯前だ。ぶった切り担当のラピスとは違う。素材に火を通さないお湯加減でお願いします。

「ユータ、このお風呂ってどうやって作ったの〜？　これ、石〜？」

「そう！　これにすっごく魔力使っちゃったんだよ。つるつるでしょ！　露天風呂みたいなごつごつの石もいいけど、ここは滑らかにしたかったんだ！」

ここらの土を魔法で凝縮《ぎょうしゅく》すると、黒っぽい石になる。それをたっぷりの魔力で根気よく滑らかに整えて作った浴槽。まるで黒御影《みかげ》石を磨き上げたように、つるりと心地いい手触りだ。石を滑らかにした時の経験が活かされたね！　でも相当に魔力を消費するから、もうやらない。

ほぼこれでぶっ倒れたようなものだ。お湯には生命魔法水を入れて、温泉の出来上がり！

「ぅあぁぁ～～～癒されるぅ～」

つい、濁《にご》った声が零れ出る。温泉の効果は抜群だ。体が徐々にシャンとしてきた。

「あはは、ちっとも癒されてそうな声じゃないね～」

「うおっ！　すげえ、本当につるつるだな！　この水ならエビ出してもいい？」

いやいや、生命魔法水は入ってるけど、これお湯だから！　茹《ゆ》でエビになっちゃう。

オレたちは浴槽の縁に頭を乗っけて天井を見上げた。浴槽はこだわったけど、お風呂場自体は土壁の殺風景なものだ。３人で大の字に体を寛げながら、これはこれでいいかも、なんて話した。詰まるところ、みんなで入れるなら何でもいいんだ。

「へえ、いいじゃん！　吹っ飛んでも衝撃和らげてくれそうだ！」

「わあ～！　僕の場所がある～！」

タクトは訓練場の壁が盛り土なのを気に入り、ラキは目ざとく加工用の作業スペースを見つけ、大喜びしていた。

「あっちは小部屋がいくつかあってね、お宝とか入れられたらいいなって。そっちは妖精さんたちが遊べるスペースにできたらいいなと思うんだ！」

「ねえ、さっきも気になってたんだけど～、その妖精さんって～？」

首を傾げるラキに、はたと気が付いた。

「あれ？　オレ妖精さんの話してなかったっけ？」

2人の『聞いてない』って視線を笑って誤魔化《ごまか》したところで、気配を感じた。

『あっ！　ユータだ！』『ほかのこもいる～！』『みたことある～』

ふわっと灯った明かりと共に、妖精さんたちが現れた。

『おや、ちょうどよかったかのぅ。うん？　先日とちぃと変わっとるような』

「みんな来てくれたんだ！　ちょうどみんなのこと相談しようかと思ってたんだ！」

振り返ってタクトたちを見ると、怪訝《けげん》な顔をしている。そうか、妖精さんは2人には見えないし聞こえないのか。なんだかそれも寂しい。

「あのね、妖精さんが来てるんだよ！　パプナと一緒に会ったことあるでしょう？　チル爺と3人の妖精さん。その妖精さんのお部屋を作ろうと思ってたんだけど、どうかな？」

「すげー！　妖精のいる基地なんてカッコイイんじゃねえ？」

「本当に～？　妖精と一緒だなんてすごい～！　それって本当に秘密基地だよ～！」

きらきらした2人の笑顔にホッと胸を撫で下ろした。パプナのこともあったし、2人なら反対しないとは思ったけれど、これなら妖精さんも安心して寛ぎに来られるね。

「ユータは見えるのか！　いいなー！」

「ねえ、やっぱり里以外では姿が見られないの〜？」

『じゃーん！』『ひさしぶりー！』『みてー！』

オレが返事をする前に、サービス精神旺盛《おうせい》な妖精トリオが隠密《おんみつ》状態を切ったようだ。以前に飲んだ生命魔法水の効果はまだ続いているのか、トリオは隠密を切ると、ある程度の人には見えるようになっている。

「おおっ、見えたっ！　うっすいけど見えるぞ！　久しぶりだな！」

「かわいいね〜！　パプナちゃんもいつか来られるかな〜？」

どうやら2人もなんとか妖精さんの姿を捉えることができたようだ。

『全くこやつらは！　妖精が出たがりでどうする……』

チル爺だけ2人には見えないので、放置されてブツクサ言いながら拗《す》ねていた。

『――しかし殺風景じゃの、地下じゃからといって植物がないでは寂しいのう』

「でもお日様が当たらないと難しいでしょう？」

ちなみにチル爺の声はタクトたちに聞こえないので、健気《けなげ》なシロが一生懸命通訳している。

「ダンジョンの草は？　場所によっては木だって生えてるって聞いたぞ？」

そういえばそんな話も聞いたような。採ってきて植えられないかな？　あ、それならヴァンパイアの隠れ里！　あそこは植物もあったんじゃないかな？

『ダンジョンはのう～。魔素の流れがあるからの。魔素の流れがあれば育つかもしれんが、魔物も発生するかもしれんのう？　ここは街中ではなかったかの？』

「そ、そっか……」

じゃあエルベル様のところも魔物がいるんだろうか？　だけどあの人たちは頑丈だし強いから、もし魔物がいても野良猫や野良犬感覚なのかもしれない。そうだ、しばらくぶりに美味しいものを持って遊びに行かなきゃね！　お醤油《しょうゆ》も少なくなってきたし。

オレたちはチル爺たちと別れたあと、学校に戻りがてらお店を覗いて歩いた。

「――水中装備で散財しちゃったけど、長期依頼で結構もらえたね！　何買おっか」

「まずは～寛ぎスペース用に、絨毯《じゅうたん》とクッションじゃない～？」

頑張って依頼をこなしたから、オレたちのパーティ貯金は回復の兆《きざ》しを見せている。絨毯くらいなら買えるだろう。雑貨店でお気に入りを選んだオレたちは、でっかい絨毯のロールを3人がかりで持って店を出た。相変わらず人通りの多いハイカリクでは、長い包みを抱えていると、とっても迷惑そうだ。

じろりと睨まれた視線の中に、青い髪を見つけて思わず目を留めた。すごい、あんな髪色もあるんだね！　雑踏に紛れてしまったその色が物珍しくてきょろきょろしていると、オレとラキの手からひょいと絨毯の包みが持ち上がった。

「俺が持つぜ！」

タクトが軽々と包みを縦に抱え、颯爽《さっそう》と歩き出す。タクト、１人で持てるんだ……。

「部屋に帰ったら、ユータの収納に入れてね～？」

煙突みたいな絨毯を抱えて、オレたちはスキップしながら帰っていった。


「はーい、みんな今日も元気かな～？　魔法の練習、してる？　してるよねー先生知ってる！　それで相談なんだけど。やたら授業進むの早くって、あの、もう大体教えた気がするんだ……。みんな、他に何知りたい？　残りの授業何しよっかなー？　なんて」

てへ、と生徒に聞いちゃうメリーメリー先生、いつも通りだね。うちのクラスで冒険者を目指している生徒は、既にみんな仮登録以上の段階にある。

オレたちの学年、特にうちのクラスは優秀とギルドで噂《うわさ》されて、依頼の際に若手グループから頼られることも多いらしい。若手といっても大体年上になるのだけど。みんなが急激に成長しているのは、それもあるんじゃないかな？　人は頼られると成長する生き物だと思う。

「ま、それはあるよな！　限度ってモンもあると思うけどな！」

にかっと笑ったタクトに、セデス兄さんの言葉を思い出した。頼られることも、頼ってもらいたいと思うことも、きっと成長のきっかけになるんだろうな。

「せんせー！　大魔法知りたい！」

「すごい魔法知りたい！」

2年生で学ぶべき魔法、そのあらかたの履修《りしゅう》範囲を終えてしまった生徒たちは、先生に無茶振りしている。大魔法なんて危なそうなもの、さすがに教えられないだろう。

「大魔法か～。じゃあさ、2年後のために勉強しちゃう？」

……そうでもないようだ。だけど、どうして2年後？

「あれじゃない～？　魔の祭典！　楽しみだね～」

なにそれ？　きょとんと首を傾げたオレに、タクトが苦笑した。

「ユータ知らねえの？　俺でも知ってるぞ！　若手の魔法使いが集まって腕前を披露《ひろう》するお祭りでさ、派手で面白いんですげー人気あるんだぞ！　美味いものいっぱいなんだ！」

「そうなんだ！　……それ、オレたちも出るの？」

ひとまず、オレは不参加で。でもお祭り自体は行ってみたい！

「そうだね～各学校から4年生が出るんだけど、うちからは間違いなく僕たちのクラスが出るだろうね～。もしかするとクラスまとめて召し抱えられるかもね～！」

どうやら優秀な人材を発掘して確保しようという側面が強いようで、若手の登竜門《とうりゅうもん》的な催しのようだ。クラスで出るならオレも参加しなきゃいけない？

「みんな優秀だから、先生嬉しいな！　きっとお祭りでも一番目立つと思うよっ！　ドカンと立派な大魔法決めてね！　郊外でやるから規格外でも大丈夫！　ねっ？」

ねっ、じゃないよ！　なんでオレに目配せするの。やらないよ、そんな派手なこと！

授業の合間に、なんとなく集合したオレたち。最近は受けている授業もバラつき出して、みんな揃って受ける授業が少なくなってしまった。

「ラキやタクトは王様に召し抱えられたいの？」

「う〜ん、それもいいけど〜。でもお抱えになるより、お得意様になってもらいたいね〜！　いろんな人に作った物見てもらいたいし〜」

そっか、ラキはあくまで加工師として成長していきたいんだね。ただ、今の実力なら魔法使いとして重宝《ちょうほう》されそうだけど。

「俺は騎士じゃねえから仕えるのはイヤだけどさ！　でもAランクになるには、王様に認められなきゃいけねえしな！」

そうなのか！　王様のお墨《すみ》付きが必要なのもあって、Aランクって少ないのかな。でも、2人とも王様に認めてもらうことにはどうやら積極的なようだ。オレは隠れていようって思っていたけど、どうなんだろう。王様が悪い人でなければ、こそこそ逃げ隠れする必要があるんだろうか。2年後――それまでに、もっと自信と実力をつけて、もう一度考えてみよう。それが、ひとつの区切りになるかもしれないね。

「2年後、かあ……」

「遠いなー！　2年たったら俺もう9歳だぜ？　その頃にはBランクになってたらいいな！」

「じゃあ僕は、Bランクに相応《ふさわ》しい装備の加工ができるようになっていたらいいな～！　まだまだ時間あるもんね～！」

2人のきらきらした瞳に、ちょっと驚いて目を瞬いた。そうか、2年って随分近い将来に思えたけど、それはまだまだ先の可能性だ。たった1年でこんなに変わったもの、未来の予想なんてつきっこないね。

「うん！　オレも、2年後にはきっと逞しくて、でっかくて、強い冒険者になってるんだ！」

「それは無理じゃね？」

「うん。夢と希望にも、実現可能なものと不可能なものがあってさ～」

想いを馳せて空を見上げたオレに、2人の無情な声が響いた。

5章　王様の休日

「あ、エルベル様ー！　久しぶり！」

「なっ？　――っと！」

ふわりと転移すると、今日もエルベル様はベッドに腰掛けていた。つまり、転移したオレの真下。どさっと落下するオレを、細い腕ががっちりと支えた。

「お、お前ぇ～！　毎回、肝《きも》を冷やす登場をするな！」

「ごめんね！　だっていつも下にいるんだもの。でも、エルベル様なら大丈夫でしょう？」

片手1本でオレをぶら下げて、紅玉の瞳がオレを睨みつけた。エルベル様が華奢《きゃしゃ》なのは見た目だけだもの、オレが上に落っこちたくらい、どうってことないだろうと思うけど。

「俺じゃないだろう、お前が……」

はたと止まった言葉と、揺れた瞳。気まずげにそっぽを向いた彼に、くすっと笑った。なんだ、オレの心配をしてくれていたんだ。本当に素直じゃないんだから。

「心配してくれてありがとう！　オレも回復できるから大丈夫だよ！」

「ぐ……人間は脆《もろ》いだろう！　だから、当然の気遣いだ」

じわっと赤くなった王様は、これ以上つつくときっとご機嫌を損ねてしまうだろう。もう一度こっちを向いてもらおうと、オレはサッとお土産を取り出した。

「ほら、エルベル様！　美味しいの持ってきたよ！」

「お前、俺を何だと思ってる……？　犬か？　ガキか？　お前より随分年上の王だぞ？」

ブツブツ言いつつもしっかりこちらを向いた彼に、笑いを堪えながら包みをほどいてみせる。きっと珍しいだろうと思って、海人の里で手に入れたものを持ってきてみたんだよ。

「ほう、これはなんだ？　食えるのだろう？　ふむ、随分柔らかいな」

「これね、アガーラって言うの！」

エルベル様は、ひょいと指でアガーラを摘まむと、物珍しそうにランプに透かして覗き込んだ。年相応の少年の顔が嬉しくて、オレの頬も自然とほころぶ。

「キレイだな」

ふわっと上がった口角に、そういえばエルベル様の自然な笑顔って珍しいな、なんて思った。

バササ！　突如響いた物音に、ビクッと部屋の入り口へ目を向けると、グンジョーさんがせかせかと落とした書類を拾い集めていた。

「ンンッ！　失礼、どうぞお気になさらず」

「何やってんだお前」

エルベル様は呆れた口調で言いつつ、スッとアガーラを自分の後ろへ隠した。エルベル様……グンジョーさんは取らないし、みんなの分もあるから大丈夫。

「グンジョーさんお久しぶりです！　これ、たくさん作ったから皆さんでどうぞ！」

「これはこれは！　我らにまでお気遣いいただき、ありがとうございます」

グンジョーさんを見送って振り返ると、思わず吹き出しそうになって口元を押さえた。これはあれだ、森の動物をブラッシングした時のルーの顔！

「どうして怒ってるの？」

「俺が？　怒ってなんかない」

ぶすっとむくれた顔でアガーラを抱えた彼は、ぽいと1粒口へ放り込んだ。

「どう？　美味しい？　これね、ひとつひとつ味が違うんだよ？」

「ふうん……」

どうやらお好みに合ったようだ。少しだけご機嫌が持ち上がったのが分かる。

「ふふっ！　エルベル様にはこれもあるよ。こっちはみんなの分ないから、こっそり食べてね」

ここぞとばかりに差し出したのは、甘みの少ないクリームを添えたタルトタタン。エルベル様用に美しく盛りつけて、見た目も豪華な逸品だ。

「……俺の分しかないのか？」

「そう。ごめんね」

「いい、仕方ないな」

そのどこか満足げな表情に、オレは必死で笑いを堪えた。

エルベル様は、さっそくタルトタタンを手に取ると、がぶりと大きく頬ばってほっぺを膨らませた。ちゃんとフォークも添えてあるのに、お行儀悪いって言われちゃうよ？　リスみたいなほっぺで瞳を輝かせた彼に、オレも満面の笑みを向けた。


お土産を平らげたエルベル様は、すっかりご機嫌も直ってベッドに転がっている。

「お前の菓子は美味いな。腹が膨れたけどな」

「全部いっぺんに食べちゃうからだよ！　お食事もちゃんと食べないと、大きくなれないよ？」

「お前が言うな」

ちらっと隣に座る俺を見上げた彼は、ふと思いついたように立ち上がってニヤリとした。

「お前、立ってみろよ」

「どうして？」

首を傾げつつ、ぴょんとベッドから飛び降りて側へ立ってみる。あ、あれ？　オレはささやかな違和感に気が付いた。きっと、オレが気にしているが故に敏感な違和感……。

「……エルベル様、ちょっと大きくなった？」

「そうだろう！　見ろ、お前より随分大きいし逞しいだろう。これからどんどん伸びるぞ！」

得意満面な顔に、むっと悔しさが湧き上がる。

「エルベル様の方が年上だからだよ！　それに逞しくない！　細いよ！」

「なんだと！　逞しくなったろうが！」

正直、少し大人っぽく男らしい体格になったとは思うけど、まだ細いもの。お互い張り合っていると、クスクスと上品な笑い声が聞こえた。

「あっ！　ナーラさん！　久しぶり！」

「な、ナーラ！　お前といいグンジョーといい、部屋に入る時はきちんと断って……」

「あら、でも扉は大きく開いておりましたよ？」

グンジョーさん……！　オレたちはじろりとお互いを眺めてちょっぴり赤面した。

「――ああ、ちょうどいい。お前の里との外交係はナーラに任せることにした」

おほん、と咳払いしたエルベル様が、思い出したように告げた。

「えっ、本当？　よろしくお願いします！」

大喜びで両手を伸ばすと、ナーラさんはちょっと屈んで優しくハイタッチ（？）してくれた。

ナーラさんなら物腰が柔らかくて外にも慣れているから、使者さんにピッタリだ！

「じゃあ、これからはいっぱい会えるね！」

「そう……ですね」

言い淀んだナーラさんに小首を傾げ、その視線を辿った。エルベル様……。無言で窓の外を眺めているのは、その表情を隠すためだろうか。オレはナーラさんと顔を見合わせ、そっと耳打ちした。その伏せた白い睫毛《まつげ》はとても繊細に瞬き、少し逡巡したあと、力強く頷いた。

「じゃあエルベル様、コウモリになって！　ううん、1匹出して！」

「はっ!?　なんだと？　何が『じゃあ』なんだ！」

戸惑うのも構わず、せがんで1匹分離してもらったら、素早くナーラさんに預ける。

「どうぞ行ってらっしゃいませ。ナーラは、里よりも世界よりも、エルベル様が大切です」

「なにを……？　あ、おまっ——!?」

混乱に乗じて腕を掴むと、淡く微笑むナーラさんに手を振って光に包まれた。外交係として エルベル様至上主義はどうかとも思うけど。ただ、オレにとってはその方が信頼できる。

光が収まると同時に、エルベル様がオレの両頬を引きのばした。

「お・ま・え・は〜！　いつも唐突すぎるんだよ!!　一体、ここは……？」

「ひたっ！　ひたひよっ!!」

ヴァンパイアの力っ！　加減っ！　もっと加減して!!

「だって、突然じゃなかったら攫っ……連れてこられないもの。色々忙しそうだし」

「それを分かっているなら余計に！　計画立てて外出すべきだろうが！」

そんな怒った顔をしてみせたって、エルベル様の白い頬は上気して、その紅玉の瞳は好奇心を抑え切れずにきらきらしている。ほら、連れ出してよかったでしょう？　犠牲になった真っ赤なほっぺをさすっていると、お馴染みの階段を駆け上がってくる軽快な足音、そして――。

「ユータ様！　お帰りなさい……ませ？」

オレはビクッとしたエルベル様の両手を取ると、満面の笑みを向けた。

「エルベル様、ようこそ！　ロクサレン家へ！」

「「へっ⁉」」

マリーさんとエルベル様が、素っ頓狂《とんきょう》な声を上げた。

「あのね、カロルス様たちに知らせてもらってもいい？　それまでこのお部屋にいるね」

「……はっ！　はいっ！」

ヨダレを垂らしそうに見つめるマリーさん、その目の輝きが危険な領域に達しそうだったので、慌てて退避を促す。曲がりなりにも王様だもんね！　怒られないと思うけど、いきなり抱きついたらダメだと思う。いきなり連れてくるのもダメだと思うけど。

「……あれはなんだ？　危険な香りがしたぞ」

「マリーさん？　うん……子どもも好きでね、ちょっと羽目を外しちゃう時があって――」

「違うわ！　ただの侍従じゃないだろう？　強者の気配……だ」

ああ、そっち！　そっちはあんまり気にしないでほしい。だって、ここにいる人はみんなそんな感じだし。一緒にベッドへ腰掛けると、エルベル様はきょろきょろと室内を見回した。

「ここはお前の部屋か？　明るいな」

「そうだよ！　これがオレのベッド、これが机でね、このカゴにフェリティアが入っていたんだよ！　今でもティアとラピスがここで寝たりしてね――」

ふんふんと聞くともなしに頷いて、物珍しげに見回す王様。だけど、オレの部屋には何も面白いものはない。貴族にしては随分と簡素な部屋に、美しい王族衣装を纏ったエルベル様がものすごくミスマッチだ。明るいお日様の下で見るその姿は、王様の顔がすっかり剥《は》がれて、豪華な衣装を着せられた少年にしか見えなかった。ここで遊ぶなら、その衣装は大変そうだね。

話を止めたオレに、エルベル様はさらりと白髪を揺らして首を傾げた。

「ねえエルベル様、その衣装だと目立つし動きにくいし、オレの服に着替える？」

「はっ、お前の服が着られてたまるか」

小馬鹿にして睨まれた。まあ、確かに……。セデス兄さんのお古がないか、聞いてみようか。

「これから領主と会うのだろう？　このままでいい」

「じゃあ、挨拶したら着替えよっか！」

「……好きにしろ」

ここまで来たらもうどうにでもなれ。そんなちょっぴり投げやりな雰囲気を感じる。

オレは村のこと、カロルス様たちのこと、色々お話しした。特に、カロルス様はあんまり貴族じゃないから、失礼なのは気にしないで欲しいって強調しておいたよ。

「あんまり貴族じゃないって、どういうことだ？」

「グンジョーさんとかナーラさんって、みんな貴族っぽくて上品でしょう？　そんな感じじゃないの。大口開けて笑って、お髭がジョリってしてて、大きくて逞しいんだよ！」

腰に手を当ててむんと胸を張り、精一杯カロルス様のカッコイイ笑いを真似してみせる。

「……全く分からん。ただ、Ａランクの冒険者なんだろう？」

「そうだよ？」

まあ、さっきのマリーさんもそうだけどね。

妙に緊張した面持ちにきょとんとして、そして、ハッとした。

「……エルベル様はオレの後ろにいてね。シールドも張っておくから。オレ、カロルス様には勝てないけど、エルベル様を守ることはできるから！」

強ばった硬い体をきゅっと抱きしめて、にこっとした。

「ほんの少しの時間守ることができたら、転移できるんでしょう？」

「まあ、な。――でも、お前に守ってもらうほど俺は弱くない」

ぐいっと胸を押し返される。間近く合わさった瞳は随分強くて、少し羨ましく思った。彼は強がりだった少年から、本当に強い青年に変わっていくんだな。

エルベル様は、最初に会った時から随分変わった。ぐらぐらと不安定で、お日様の下で灰になってしまいそうな儚《はかな》いヴァンパイアは、もういない。

「……強くなったね」

眩しく目を細めて微笑むと、そのきれいな瞳は急に揺らいで視線を逸らした。

「その言いぐさは、生意気だ」

賛辞に弱い王様は、じわりとむくれて少年の顔に戻った。そんな姿を晒すことさえ成長の証《あかし》に思えて、なんだかオレも嬉しくなった。

「お前、領主は親代わりだろう。ただ大丈夫と、なぜ言わない」

「なぜって……オレは大丈夫って知ってるけど、エルベル様に言ったたって仕方ないもの。エルベル様はカロルス様を知らないもの」

「なぜお前はそうやって、他人の心を知ることができるのだ」

片手を伸ばしてオレの両頬を潰すと、彼はどこか羨ましげに言った。

「オレがそう考えたこと、エルベル様だって気付いたんでしょう？　一緒だよ」

ほっぺをもにもにする手をもぎ取って言うと、エルベル様は複雑な顔をした。

コンコン――。響いたノックに返事をすると、エルベル様と手を繋いだ。

「失礼致します」

入ってきた執事さんのピリッとした様子に、スッとエルベル様の前へ体を入れる。執事さんは繋いだ手を見て、ぐっと瞳に力を込めたオレを見て、静かに微笑んで雰囲気を和らげた。

「ようこそいらっしゃいました。応接室の方へご案内してもよろしいでしょうか？」

鷹揚《おうよう》に頷いたエルベル様を伴って、３人で部屋を出た。方々でメイドさんが覗いている気がするけど、そのくらいは許していただこう。

「(お前！　俺を守ろうとするなと言ったろ！　俺がカッコ悪いだろうが！)」

「(オレは守るって言ったよ！　だって執事さん怖いでしょ！　あのね、多分おうちの中で執事さんが一番怖いから！)」

「(声が大きい！　失礼だろう！　ちょっと冷たそうで酷薄《こくはく》な雰囲気はあるが、グンジョーだってそんなものだ！)」

小声での言い争いに前を歩く執事さんが振り返ることはなく、ホッと胸を撫で下ろした。高い背中に、なんとなく哀愁が漂っている気がするのは気のせいだろうか。

応接室へ入ると、カロルス様たちがスッと片膝をついて頭を下げたので、手を繋いで立っているオレは大慌てをした。

「(ど、どうしよう!? オレも座ったらいい？)」

「(今さらそんなことに意味があるか！ それより、今この状況でこそこそ話すな！)」

わちゃわちゃしているオレたちに、ぶはっとカロルス様が吹き出し、エリーシャ様たちがくすくすと笑って顔を上げた。

「失礼、ロクサレン領主カロルスと……申します？ こんな田舎へお越しいただきかたじけない」

「お会いできて光栄ですわ。今回はどのような御用向きでしょう？」

御用向き？ オレはちらっとエルベル様を見上げた。同じくオレを見下ろした瞳がじとっと細められる。握った手にきゅっと力が入れられ、『お前が言え！』って言われているようだ。

「え、えっとね、その。オレが攫っ……ちょっと強引に連れてきちゃっただけなの。あ、でも大丈夫！ ちゃんとナーラさんに言ってきたから！」

ぎょっとした面々に慌てて言い訳すると、一生懸命に相応しい言葉を探した。

「うーんと、だから、そう！ 今日はオレのおうちに遊びに来ただけ！」

「お前～！ 王様をホイホイ遊びに連れ出す奴があるか！ 国のトップだぞ、大問題だろ！」

カロルス様が頭を抱えた。そっか、国のトップ……迷惑だったのかな。

「い、いや、私も気分転換になる。構わない。それに、今回は友人として招かれたという。ならば、そのように砕けて扱ってもらえると、私も気が楽だ」

しゅんとしたオレに代わって、エルベル様が前に出てくれた。よかった、ひとまずカロルス様たちに敵意などないことを分かってもらえたようだ。

「本当か！　助かる！　いや～やっぱ俺には無理だわ。エルベル様、ユータをよろしくな！」

「ち、父上ぇ～！　社交辞令!!　ものには限度ってもんがあるでしょうっ！」

すぐさま立ち上がったカロルス様にセデス兄さんが食ってかかり、エルベル様はぽかんとして2人を見上げた。

「ほら、カロルス様ってあんな感じだって言ったでしょう？」

「そう、だな」

オレたちは顔を見合わせて笑った。

「よーし、もう挨拶終わり？　じゃあ遊びに行ってきてもいい？」

堅苦……しくもない挨拶は済んだものと判断して、早く遊びに行かなきゃ勿体ない！　せっかくエルベル様が来てるんだもの、あちこち見せてあげなきゃ！

「お前……本当に遊びに連れてきたんだな。エルベル様がそれでいいなら構わんが……」

「いいよ！　じゃあ着替え探しに行こう！」

「いやいやっ！　お前じゃなくて――」

何か言おうとしたカロルス様を置いて、ぐいぐいとエルベル様の手を引いて走った。

「マリーさーん」

「はいっ？　何でしょうっ」

衣装部屋へ向かいながらその名を呟くと、シュピッ！　とマリーさんが出現して、エルベル様がビクッとした。エルベル様効果で普段より０・２秒ほど速いね。


――オレが言い出したことながら、少々申し訳ないと頭を掻いた。セール会場のようにごった返す室内で、そっとエルベル様に近づいて声をかける。

「あ、あの。ごめんね？　大丈夫？」

「何がだ？」

きょとんとしたエルベル様は、首だけこちらへ振り返った。

「何がってその……着替え、思ったより大変になっちゃった」

多分、館中のメイドさんが結集しているであろう室内で、中心地に佇《たたず》むエルベル様は、言われるがままに手を上げたり袖を通したり。なぜだろう、とても優雅に見える。

「そうか？　着替えとは大体このようなものだろう。確かに人数は多いように思うが」

「……そう」

そういえばオレ、エルベル様のお城で似たような目に遭っていたと思い出した。慣れているんだね……。でもきっと、王様であってもこれって普通じゃないと思うんだ。

「これなら！　……ダメ、完全に負けている！　でも、あまりお時間を頂戴《ちょうだい》するわけにも……」

「くっ……。ユータ様はもう少し素直に服に着られてくれるのに！」

元々の素材がきらびやかすぎて、普通の服を着せるのは至難の技のようだ。メイドさんたちは額に汗を浮かべ、随分ヒートアップしている。遊びに行くだけなのになあ。

「さあっ、これでいかがです⁉　題して『美貌の王が正体を隠して村を視察するも、その輝きと溢れる高貴さに誰もが振り返らずにはいられない！』です‼」

長っ！　オレには普通にフードのついた服に見えるけど。朗々と宣言したマリーさんとメイドさんたちは、やり切った表情で額の汗を拭った。

「エルベル様、どう？」

「ふむ、軽くて動きやすいな」

王様の服を脱いで、表情まで寛いだようだ。ふわっと微笑んだ王様に、メイドさんたちがきゅっと胸を押さえた。

「じゃあ、行こっ！」

手を繋いで走り出すと、普段は『廊下を走るな』って言いそうなエルベル様も、オレと並んで走り出した。オレたちはそのままの勢いで、お外へ飛び出していく。

「村の方まで行こう！　あっちに海もあるんだよ！」

「ほう、海は行ってみたいな」

村までの一本道を並んで走る。並んで……。

「お前っ！　やけに速くないかっ！　人の子だろうっ！」

「エルベル様こそっ、王様がっ、そんな走っちゃ、ダメなんじゃないっ！」

オレが少し前へ出る、負けじとエルベル様が前へ出る、むっとしたオレが前へ出る――。

やがて、土煙を上げる勢いで村までの道を疾走《しっそう》し出した。

『もうっ、いい加減にしなさいっ！』

「「うぶっ!?」」

もうすぐ村に到達というところで、ラストスパートをかけようとお互いを睨み合った瞬間、突如何かに突っ込んだ。ぷよんと柔らかくて弾力があって……そう、まるでモモみたいな。

『全く。そんな勢いで村に駆け込んだら、人身事故になるわよ！』

「はぁ、はぁ、だってエルベル様が！」

「……なんだ？　なんて言っている？　これはお前のスライムが何かしたのか？」

『そうよ、素敵でしょ？　私の柔らかボディシールドよ！』

シールドって柔らかくできるんだ！　モモすごい！

『うふふ、練習したのよ！　でも強度はないから、シールドとは言わないかもね』

珍しく照れた様子でぽよぽよするモモに頬を寄せた。頑張ったんだね！　本当にモモはいつもしっかりしていて頼りになる。

オレたちはどさりと両足を投げ出し、牧草地へ腰を下ろした。黙って空を仰いだ赤の瞳は、明るい日のもとではこんなに透けて見えるんだね。

「あ、あれユータじゃない⁉」

「わあ、久しぶり〜！」

「あれ？　あいつ誰だ？」

懐かしい声に振り向くと、随分と大きくなった村の３人組だ。傍らのエルベル様は、慌ててフードをかぶり直した。

「リリア！　キャロ！　ルッカス！　わあ、大きくなったね！」

おかしいな、以前より体格の差を感じる。同じように成長しているはずなのだけど。

「ユータはあんまり変わらないね〜！」

「お前、小さくなったんじゃね？」

あんまりな言いように声もなく打ちひしがれていると、エルベル様が吹き出した。

「あ……あの、そちらは、えーと、どなた？」

圧倒的な高貴オーラを放つエルベル様に、３人が慣れない様子でそわそわとした。

「あのね、エルベル様っていう偉い人だよ！　ヴァンパイアのエルベル様だよ！」

「な、なっ……おい⁉」

この野郎！　とオレに詰め寄ったエルベル様に、３人がきょとんとした。

「あ、もしかしてお忍びってやつ？　大丈夫よ、大人に言ったりしないわ！」

「秘密は守るぜ！　俺だってこっそり手伝いサボるからな！」

任せて！　と得意げに胸を張る様子に、今度はエルベル様がぽかんとした。

「お前たち……？　ヴァンパイアと聞いて、恐ろしくはないのか」

真っ直ぐ見つめられた３人が、少し頬を染めてはにかんだ。

「ヴァンパイアが恐ろしいかどうかは知らないわ。でも、エルベル様？　は怖くないわ」

「今度村に来るヴァンパイア族の人でしょう？　どんな姿なのかなって楽しみにしてたの」

目を見開いた彼にそっと体を寄せると、表情の抜けた顔を覗き込んでにこっと微笑んだ。

「大丈夫なんだよ。少なくともここでは、大丈夫なんだよ」

くしゃっと顔を歪ませたエルベル様は、静かに俯いて深いフードに埋もれた。

「ねえユータ、紫の目の子も来たのよ！　ユータのお友達なんでしょ？　ちょっと魔族の血を引いてるんだって！　魔族の目ってあんなにきれいな色をしてるのね！」

「執事さんが魔法の授業をしてるの！　小さいのに、もう魔法使えるようになったんだから！」

わあ、アンヌちゃん魔法の特訓してるんだ！　執事さんに教えてもらえるなんていいな。オレは学校に行くまでダメだったのに、さすが魔族の血が入っているとなると違うらしい。

「エリちゃんだってさ、少し魔法使いの素質があるらしいぜ！　ちょっとでも使える方がいいって、一緒に習ってんだ。俺は剣士だからなー、魔法は使えないのが残念だぜ」

「あんたが残念なのは、エリちゃんと一緒に授業受けられないことでしょ」

「な、ち、違うわっ！」

なんだか、村は随分賑やかになってきたようだ。カロルス様は天使教にかこつけて、多種族・他種族を受け入れると宣言した。それで出ていった人もいるけれど、集まってきた人もいる。元々大らかで深い懐の元で過ごしてきた村人は、驚くほど柔軟に受け止めてくれた。それだけの深い信頼を寄せているという証……。オレはなんだか胸がいっぱいになった。

「あのさ、エルベル様、顔ちゃんと見てもいい？　ヴァンパイアって俺たちと何が違うんだ？」

興味深げにエルベル様を見つめるルッカスが、いつも通りド直球を投げた。だけど偉い人だと聞いたから、勝手にフードをむしってはいけないというところまでは考えてくれたようだ。

「ふ、いいぞ。何が違うか見てみるといい」

エルベル様は少し挑発的な笑みを浮かべると、ばさりとフードを跳ねのけた。その挙動で、絹のような髪がキラキラと舞う。次いでゆっくりと睫毛の紗《しゃ》が上がり、紅玉の瞳がルッカスを見つめた。白日の下にさらされた美しい顔《かんばせ》に、ルッカスが思わずぽかんと口を開ける。

「わ、わ、わ……！　ヴァンパイア族ってみんなこんなにきれいなの⁉」

「きれい……。ユータで慣れたと思ってたのに」

うふふ、そうでしょ！　エルベル様はとってもきれいな人だよ。勢いよく顔を晒した割に、真っ直ぐ向けられた賞賛の瞳に耐えられなくなって、エルベル様がじわりと視線を外した。

呪縛《じゅばく》が解けたようにハッとしたルッカスが、ふとオレとエルベル様を交互に見つめた。

「どうしたの？」

「いや、なんかさ、エルベル様って……ユータを洗濯したみたいだなって……」

洗濯⁇　突然なんのことかと首を傾げた。

「ええと。俺、昔汚れ落とし液に父ちゃんのズボン浸けちまって。いや、違うぞ、とてもきれいになったんだからな！　色も柄もなくなっただけで！」

オレは思わずエルベル様と顔を見合わせた。オレを漂白したら、エルベル様になる？

「……ぶ、ぶはっ！　そんなハズないだろう！　こんなチビと一緒にされてたまるか！」

エルベル様は、失礼にも腹を抱えて笑った。

ザザァージュワジュワ――。ザザアージュワワ――。

2対の瞳は、ただじっと、寄せては返す波を見つめている。

「……海、か」

「そう、海だよ」

ちょっと寒くなってきたので海に入っちゃおうとは思わないけど、ただこうやって眺めるだけの海もいい。遠く遠くはるか彼方まで続く平らな水。沖の方は光を反射して眩いほどにきらきらと煌めいていた。岩場に砕ける波が、時折ドドォ、と大きな音を立てる。

エルベル様は、海を知ってはいるけど見たことがなかったそう。

「本当に大きいんだな」

「うん、大きいね」

オレはサラサラした砂の上に腰を下ろし、棒のように突っ立つエルベル様を見上げた。オレにとってはむしろ懐かしい場所。地球と同じ面影の、海。

初めて海を見た時って、どんな感じだろう。見たことのない光景に出会う感動は、なんて表現すればいいんだろう。この世界で、オレはそれを何度も味わうことのできる幸運に感謝した。

しばらくぼうっと立っていたエルベル様は、オレの隣にどさりと座り込んだ。

「砂、温かいな」

「うん、お尻があったかいね」

肌寒い気温の中、昼間の太陽を吸い込んで、砂はほの温かく感じた。

「エルベル様は海、好き？」

「さあな。今日見たばかりだから、まだ分からないだろう」

「そう？　見てすぐ好きになる時もあるんじゃない？」

「海は恐ろしいとも聞く。どのようなものかも知らずに、一見しただけで好きだとは……!?

お前、わざと言ってるか？」

わざと……？　途中でじわっと目元を染めてむくれた王様に、ことんと首を傾げる。

「いい、考えるな！　忘れろ。……さて、そろそろ戻るか」

サッと顔を逸らしつつ立ち上がったエルベル様は、盛大に服を払って砂を撒《ま》き散らした。

「エルベル様、お昼は何食べたい？」

「ミソシル」

即答!?　そんなに気に入ってるんだ。城でも作ってくれているだろうに。ちなみに厨房は王様に一体何を出せばいいんだと恐慌状態だったので、オレが作ると宣言してきた。

「じゃあとりあえずお味噌汁は作るとして、メインはどうしようかな？」

「なんでもいい。お前が作るのか？」

だってエルベル様が来てるんだもの、オレが作るよ！　その代わり料理人さんが作るような出来のいいものにはならないけどね。

「なら……見たい」

「何を？　あ、お料理してるとこ？」

こくりと素直に頷いた彼に、にっこりと満面の笑みを向けた。

「じゃあさ、一緒に作ろうよ！」

「俺と？　無理だろ！　料理などやったことはない！」

尻込みするエルベル様をぐいぐい押して厨房へ行くと、ジフに声をかけた。

「料理は初めて、か……。おう、若いのは帰れ。ドア付近に2人待機、救護班は外に待機だ」

「……ジフ？　お料理中に死者が出そうになるのはエリーシャ様だけだよ」

お料理で厨房を爆破したり毒ガスを調合したりできるのは、ある意味才能だ。

「うーん。今日は、ハンバーグ定食にしよっか！」

お味噌汁とごはん、サラダとハンバーグ。あとはポテトでも添えたらいいかな！　まずはきれいに手を洗って、エプロンを着けた。物珍しそうに料理人さんの帽子を見ていたのでかぶせてあげると、ぱふぱふと両手で触れてにまにましている。

「エルベル様、お肉を適当に潰して、ぎゅうーっと押し込んで」

そう言って渡したのは塊肉と、目の粗い頑丈な金属のざるのようなもの。

「肉を？　こうか？」

おおお～さすが！　お肉を掴んだ白い手にぐいっと力が入ると、まるで豆腐のようにお肉が潰れた。それを目の粗いざるにぐいぐい押しつけると、お肉がところてんのように出てくる。

お肉を握り潰してミンチにする華奢な王様に、料理人一同は顎を外しそうになっていた。

ハンバーグにするから、ミンチは粗めでオーケーだ。できるだろうと思ったけど、実際この目で見るとすごいな。その手でオレと手を繋いでるんだよね……。加減、間違えないでね？

ラピスの木っ端微塵《こっぱみじん》ミンチだと細かすぎたり行方不明になる破片があるから、これならきめが安定していいね。せっせと作業に勤しむ姿を横目に、オレはお味噌汁のだしを取る。

「ねえ、エルベル様はどんなお味噌汁が好き？」

「別に、なんでもいい。食い物であればなんでも食う」

エルベル様は出されたらきちんと食べるんだね。じゃあ今日はきのこと大根のお味噌汁にしよう。トントントン――。大根を刻んでいると、エルベル様が興味津々《しんしん》に見つめていた。

「エルベル様もやってみる？」

大方刻んでしまったけど、どことなく嬉しそうなエルベル様に場所を譲った。でろでろとちょっとしたホラーになってる白い両手を魔法で洗浄・滅菌しておく。

そろ～っと包丁刃を滑らせる真剣な瞳。残念ながらオレの背丈では、エルベル様の後ろから手を回して添えることはできない。ハラハラしながら見守るしかない。

「……あ」

「うわあっ！　だ、大丈夫⁉」

だんだん慣れて、雑になっていく手つきに注意を促そうとしたところで、ザックリと指の上に包丁が下ろされる。オレは思わず悲鳴を上げてその手を取った。

「……なんだ？」

「なんだって――あれ？　傷は？」

血の滴るはずの手は白くきれいなまま。むしろ急に手を取られて、怪訝な顔をしていた。

「傷？　これでか？　こんななまくらで俺の手が切れるわけない」

ふふん、と小馬鹿にしたような顔で手のひらに包丁の刃を滑らせて――分かったから！　やめて⁉　見てる方が怖いし痛いよ！　オレは早鐘《はやがね》を打つ胸を押さえ、ぐったりとへたり込んだ。

オレの心臓が縮み上がりそうなので、包丁はおしまい。エルベル様にはきれいにした手でサラダの野菜をちぎってもらう。その間にミンチに味付けをしたら、楽しい成形作業だ。

「なぜだ！　丸くはならないぞ？」

「なるよ～？　どうしてならないの？」

適量を手に取って、両手でぽんぽんお手玉みたいに空気を抜き、丸く形を整えていくのだけど……エルベル様は不器用だね！　両手をべったりミンチまみれにして四苦八苦していた。

「あとは、真ん中をヘコませて焼くだけだよ！　簡単だったでしょう？」

「まあ、簡単な方なのか？　これが美味いものになるのか？」

それは食べてみてのお楽しみ！　そうこうする間にお味噌汁がいい具合に出来上がり、サラダの盛り付けが終わった。ハンバーグはフライパンの中でじっくりと火を通している。

「エルベル様、はい、味見！　……どう？」

お玉にすくったお味噌汁をふうふうして差し出すと、大人しく口をつけた。

「……うまい」

ちゃんとエルベル様の切った大根が入っているからね！　自分で作ったものって美味しいでしょう。オレはにこっと笑って、フライパンの蓋《ふた》を取った。ぶわっと漂ういい香りに、覗き込んだオレたちは顔を見合わせにんまりする。フライパンの中では、ぷくっと膨らんだハンバーグからてらてらとした肉汁が滲《にじ》み出し、ジュウジュウと小気味いい音が鳴っている。うん！

いい焼き具合だと思う。ハンバーグは網で窯焼きにしたらまた違った食感になって美味しいの
だけど、きっとこうして目の前で作る方が楽しいから。オレはじーっとハンバーグを見つめる
エルベル様に気付いて、手招いた。ふふ、料理人特権を発動してしんぜよう！

「はい！　つまみ……味見だよ。最初の一口、食べてみて」

フライパンからハンバーグを小さく取ってあーんとやると、エルベル様は素直に食いついた。

「う、うまい！」

「それ、エルベル様の作ったやつだよ。美味しくできたね！」

エルベル様は、もぐもぐしながらルビーのように瞳をきらきらとさせた。


「うまい！　なんか悪ぃな、エルベル様に作ってもらうなんてよ！」

「えーっと、恐れ多いけど……なんかもういいや。本当に美味しい！」

「エルベル様ってすごいのねぇ！　初めてのお料理なのに、犠牲者も出さずに作れるなんて！」

オレとエルベル様の合作、ハンバーグ定食はカロルス様たちにも大好評だ。今回はエルベル
様が上手に粗挽《あらび》きしてくれたので、食べ応えのあるしっかりとしたハンバーグになった。

「美味しいね～！　お味噌汁もちゃんとできてるね！」

「まあ……お前が作っているからな」

あんまり褒められるもんだから、エルベル様はすっかり照れて仏頂面になってしまっている。

「ふう、お腹いっぱい！　ねえ、ハンバーグもエルベル様の好きなものに入った？」

「そうだな。でも……」

「でも？」

「……味見が一番うまかった」

ちょっとばつが悪そうな台詞に思わず笑った。出来たてのつまみ食いが一番美味しいよね！

でもきっと、そのつまみ食いは一緒に作っていたから美味しいんだよ！


「――もう、帰っちゃうの？」

「そりゃあ……帰らないわけにいかないだろう」

もう一度海が見たいというエルベル様に付き合って、オレたちはしばし波の音を聞いていた。

徐々に下がってきた気温に身震いして、傍らに立ち上がった王様を仰ぎ見る。彼は座ったままのオレに少し困った顔をしていた。

「また、遊びに来てね」

「……まあ、時間があればな」

ほら、と差し出された手を取って立ち上がると、ぱんぱんとお尻を払ってにこっとした。

ふと、視線を感じた気がして振り返ったけれど、そこにあるのは一面の海。視線を戻すと、エルベル様まで訝しげな顔できょろきょろしていた。

「どうしたの？」

「いや、妙な気配があった気がしたが……」

誰かいたのかな？　何しろエルベル様は珍しいから、こっそり見に来る人がいてもなんらおかしいことはない。館にいたらあちこちから覗かれているし。

「また遊びに行くね！　エルベル様も来てね！」

「ああ。その……楽し、かった」

エルベル様の精一杯の言葉が終わるか終わらないかのうちに、その姿はふわっと黒い霧へと変わって消えていった。

「うん！　オレも楽しかったよ～！」

満面の笑みで手を振ったオレの声は、ちゃんと聞こえていたかかな？

「エルベル様……帰ってしまわれたのですね……」

館へ戻ると、マリーさんがずぅんと顔に影を落としていた。

「ユータ様もすぐに帰ってしまわれるし、セデス様には上手いこと逃げられるし……。マリーには日々の潤いが足りません……」

うっ。最近はお休みの日も依頼を受けたりするもんだから、こっちへ帰ってくる頻度《ひんど》が減っているかもしれない。そうしょっちゅう帰ってはこられないけど……。

「ええと、なるべく帰ってくるようにするから！」

「では、その間のエネルギーを補充しても？」

補充？　首を傾げたけど、両手を広げて膝をついた姿に、とりあえずパフッと飛び込んだ。

「ああ～癒されます……！」

オレがシロやルーをぎゅうっとするのと同じかな？　確かに満たされる気がする。すりすりとほっぺを寄せるマリーさんに抱きしめられながら、いつかこの華奢な腕がきゅっと締まるんじゃないかと気が気ではなかった。


ただいまと寮の扉を開けると、ベッドの上から「お帰り」が返ってきた。ラキの手元にはきらきらした石やら土やら、およそベッドの上で散らかしてはいけないものが散乱している。

「あー、ちょっと練習しようと思っただけだったんだけどね～。つい夢中になってたね～」

うーんと伸びをして背中を伸ばしたラキが、言い訳がましく言った。

「明かり、つけようか？　もう暗くなるよ」

すっかり傾いた日差しが、窓からわずかにオレンジ色の光を差し入れている。

「ええっ⁉　もうそんな時間～？　授業で必要な材料切らしてたから、買いに行ってくる～！」

にわかに慌て出したラキが、カバンを引っつかんで滑り降りてきた。

「ラキ、シロに乗っていこう！　どこのお店？」

『ちゃんと掴まっててね？　〝ちょうとっきゅう〟で行くよ！』

シロのジェットコースター超特急のおかげで、屋根やら路地裏やらを通り抜け、ものの数分で目的のお店に到着。ありがたいけど……もう少し乗り心地がよくなるといいなあ。ルーを知ってしまうと贅沢言っちゃうね。ラキはよろよろと傾きながら店に入っていった。

『ぼく、速かったでしょう！』

シロは得意げにふぁさふぁさとしっぽを振った。ラキを待つ間、お礼を込めてたっぷりと撫でていると、雑踏の中からこちらを見つめる視線に気が付いた。

シロが目立つので、こちらを見つめる顔は数あれど、気になったその人はなんだか怒っているような？　声をかけた方がいいのかと口を開こうとした時、ラキがお店から出てきた。

「あ～まだちょっとふらつく～。ありがとう、お待たせ～。帰りはゆっくり歩こうね～」

まだ足下の怪しいラキを支えて視線を戻すと、さっきの人はもう見当たらない。

「どうしたの～？」

「ううん、こっちを見ている人がいたから、用事でもあったのかなと思ったんだけど……」

「ユータは目立つから、いつだって誰かが見てると思うけどね～」

ラキは気にしたそぶりもなく歩き出した。

「ねえラキ、青い髪の種族っているの？」

「青？　う～ん、海人が青っぽいでしょ～？　混血だといろんな色があるよ～」

確かに海人の髪は青や緑っぽい海の色だ。でも、オレが見たのはもっと鮮《あざ》やかな青だったよ。

「地方によってはビックリするような髪色のところもあるんだって～」

「そうなんだ！　そんなに違うんだね。これからあちこち冒険に行くの、楽しみだね～！」

もっともっと遠くの街、いろんな人たちに会いに行けるといいな。でも、そうなるとロクサレンに顔を出しに行ける機会はさらに減るかも。約束したばっかりだし、とりあえずしばらくはマメに帰ろうか。徐々に灯り出す街の明かりを見つめてふうと息を吐けば、なんだか苦労性のお父さんみたいだと、オレは1人笑った。

◆◇◆◇◆

「みんなー！　そろそろうちのクラスってばギルドから表彰されそうな勢いだよ！　すごい

ね！　先生ね、何も身に覚えがないのが切なくもなくも……でも！　素晴らしいよ！」

「表彰か～。表彰はいらねえから、依頼料上げてくんねえかな」

生徒以上に大はしゃぎする先生を微笑ましく眺めながら、誰かの呟きにクラス中が頷いた。

最初こそ「学生枠」参加は微妙な雰囲気だったけど、働きによっては提示額以上の報酬をもらえることがあると分かり、今や大人気となっている。決して授業を受けなくてもいいからではないはず。

「そっかぁ～それもそうだね！　うん、先生からも提案してみるよ！　一応、学生を預けられる相手かどうか見ているはずだから、不当な扱いはされないと思うし」

メリーメリー先生は顎に手を当てて考え込んだ。もし、頑張りに応じてもらえる額が増えるシステムになれば、うちのクラスはさらに実力を上げそうだ。

「――オレもたくさん依頼を受けたいけど……。おうちにも帰らないといけないんだよね」

休み時間に入り、オレは机の上に突っ伏した。

「どうしたの～？　家からそんな手紙でも届いたの～？」

ラキが椅子を引き寄せてオレの机を囲むように座った。

「ううん、最近あんまり帰れてないから、この間帰った時に釘を刺されちゃった」

「この間？　えーとね、普通は馬車で往復1日、滞在時間も考慮すると2日休みじゃなきゃユータの家には帰れないんだよね〜。それを踏まえまして〜、僕たちが遠征から帰ってきたあと、一緒にいなかった連休ってあったかな〜」

気のせいかな〜？　なんて空々しく呟くラキに、何のことかと首を傾げて話を続ける。

「サッと行って帰ってきたんだよ。だけど、もっとマメに帰ってこないとダメって」

「……ふうん、あ、そう。なんかもういいか〜。で？　サッと行って帰ってくるなら、寝る前にでも行けばいいんじゃないの〜」

そんなことを言うラキに頬を膨らませる。

「だって夜だとあんまり遊べないし、眠くなっちゃう。向こうで寝ちゃうと朝学校にいないでしょう？　おかしいって思われるよ！」

「ふーーん。（それに気付けるのって、多分僕だけなんだけど〜？）」

ラキはじっとりした視線を送ると、深いため息を吐いた。


「ただいま〜！」

館に転移すると、今日も嬉しそうなマリーさんのハグを受ける。ラキには、ひとまず授業が半端な時にマメに帰れば？　とどうでもよさそうに言われたので、素直に実行してみた。

だけど、来たものの特にすることはない。カロルス様たちの仕事が終わるまで、庭で植物図鑑を広げた。ここに畑でも作ってみようかな、なんて考えていた時、目の前に影が落ちた。

「よう、お前はどちらさんだ？　えーと？　ぼう……ずでいいのか？」

突然の気配に心底ビックリして見上げれば、細身で背の高い男性がオレを覗き込んでいた。

「ま、いーや。さすがにこんだけ小さいと大丈夫だろ。ここの家の子？」

どこか軟派な雰囲気のする顔でへらっと笑うと、ぽんぽんとオレの頭に手を置いた。見たことのない人だ。でも、悪い人ではないような気がする。――そして、強い人な気がする。

『あなた気を抜きすぎよ？　この男は敷地内に無断侵入してるんだから』

そっとシールドを張ったモモが、オレに注意を促した。みんなもどことなく警戒しているのは、この人の実力が高い証だろうか。

「……お前、シールド張れんの？　魔道具か？」

「えっ!?」

シールドはこっそり張った。詠唱がなければ普通、攻撃前に気付くことは難しいはず。オレの驚いた顔と警戒した様子に、その人はパッと両手を広げて降参のポーズを取った。

「あ、いやいや別にいいんだ、お前がシールド張ろうとなんだろうと。俺、突然来ちゃったもんな、ビックリするよな」

再びふにゃっと笑うと、視線を合わせるようにかがみ込んだ。

「俺、久々にマリーちゃんに会いに来たんだけどさぁ、ご機嫌どうかなーなんて」

「マリーさんの知り合い？」

「そうそう！　なんかこの領地の改革が進んでるって噂じゃねえ？　なら行ってもころ……怒られないかなってさ」

なぜかぶるっと身震いした彼は、あいてて、と体をさすった。

「痛いの？　怪我してるの？」

「い、いや古傷が……。いやー俺もダメだなぁ、それでも来ちまうもんなぁ」

軟派な顔が笑うと、垂れ目がさらに強調されて随分と情けない顔になった。灰色の短髪をがりがりと掻くと、そっとオレの耳に顔を寄せる。

「それでさ……お前、マリーちゃんに取り次いでくれねえ？　えーと、何年も会ってねえからさ、ほら、怒ってるかもしれねえだろ？」

お願い！　と両手を合わせて頭を下げられ、オレも困惑する。どうしたものか……。マリーさんなら、例えこの人が悪い人であっても大丈夫な気もする。そもそも悪い人だと、断ったらオレの身が危ないような。オレは心の奥まで覗き込まんと、紫色の瞳をじっと見つめた。

「うーん、魔族さんとはあんまり関わりがないと思ってたか――」

途端にぎらりと鋭くなった瞳に、咄嗟に飛びすさって両の短剣を抜いた。

――攻撃するの？　敵なの？

ラピスのピリピリと緊張した空気に、相手の力量を推し量ってごくりと唾を飲んだ。

『ゆーた、ぼくも出る？　でもこの人、悪い人かな～？』

シロの人を見る目は確かだと思う。オレはラピスたちを抑えつつ、油断なく様子を窺った。

「おぉ、すげえな。さすがこの家の子、ってやつか。いい反応じゃん。はあ、こんなちびっ子ならバレてねえと思ったんだけどな」

あちゃー、と額に手を当てた男から鋭い雰囲気が消え、元の軟派男に戻った。へへっと笑った顔は、少し寂しげだろうか。

「うん、俺って魔族。悪いな、怖がらせたかー。仕方ない、マリーちゃんには一か八かで直接会いに行ってくるわ。……骨は拾ってくれな？」

冗談めかして言った男は、館の方を見つめてごくりと喉を鳴らした。

「魔族は怖くないよ？　見知らぬ強い人が不法侵入してるから警戒してるんだよ」

そもそもこの世界に不法侵入があるかどうかは知らないけれど、ニュアンスは伝わるだろう。

「ふ、ふほーしんにゅー？　難しい言葉を使うんだな。悪かったよ、お前が見えたからつい、な。ちびっ子は魔族が怖くないのか？　魔族に会ったら頭からバリバリ食われちゃうとか、捕まったら実験に使われるとか、聞いてねえ？」

あんまりな言いように、思わずぷはっと吹き出した。

「あはは っ！　普通の魔族の人は知らないけど、紫の目の人は、お友達のアンヌちゃんもいるし、ス……他にも1人知ってるよ」

目の前の男は、きれいな紫の瞳を見開いた。

「へえ⁉　改革が進んでるって本当のことだったんだな。じゃあ、あいつもここにいれば自由に過ごせるのか。……よかったな」

あいつって誰を指すんだろう。さっきまでの気の抜けた笑顔から、どこか深く慈《いつく》しむような柔らかな微笑みが覗き、オレは完全に構えを解いた。少なくともマリーさん以外の知り合いもロクサレンにいるようだし、どうにもこの人に刃を向けようという気にはならない。

『主ぃ、もういいのか』

どことなく不満げなチュー助に苦笑して鞘を撫でた。出番がないのはいいことだよ。だってこの人、きっとオレより強いから。

「一緒に行くだけでいい？　マリーさんが怒ってたら、オレもどうしようもないよ？」

「ですよねー！　ってあれ？　いつの間に信用してもらったの？　そりゃありがたいけど、いいのか？　俺は魔族だぞ、魔ぁ族ぅ～！」

オレに向かってガオ、と怖い顔をしてみせる彼に、オレはふわっと笑って近づいた。

「あ……」

「――どうして逃げるの！」

一歩近づけば一歩下がる魔族のお兄さんに、オレは頬を膨らませる。これじゃオレが怖がらせているみたいじゃないか。

「あ、あーいやーなんつうの？　俺って魔族だし？」

「知ってる」

だらだらと汗を掻いてじりじり下がる彼に、動かない！　とビシリと言うと、素直にピタリと止まった。これ幸いと大きな手を取ると、ビクッとすくんだのが分かる。にこっと見上げて手を引けば、背の高い体を丸めておずおずとついてきた。

「な、慣れねえ……」

明らかにオレより強いお兄さんは、嫌なら振りほどけばいいのに、きゅっと握ったオレの小さな手を払いもせず握り返しもせず、なんだか居心地が悪そうで笑ってしまった。

「ちょ、ちょっと待て！　待て待て！　お願い待って！」

正面扉に近づくにつれ重くなったお兄さんの足は、あと数メートルのところでぐいっと踏ん張って止まった。ぐっと手を引いてみても、イヤイヤして待てと言うばかり。

散歩から帰るのを拒む犬みたいだなと思いつつ、その情けない顔を見つめた。

「どうしたの？」

「と言いつつ引っ張るな！　待てって！　こ、心の準備が……あと戦闘準備」

ぼそりと零した後半が本音だろうか。どうやらマリーさんをよく知っているようだ。

「マリーさんと知り合いなんでしょう？　どうしてそんなに怖がるの」

「知り合いなら大丈夫でしょ、とは言えない。カロルス様は結構命の危機に晒されているし。

「知り合いなのは本当だからな⁉　でもマリーちゃん容赦ないからな……」

冷や汗を流す姿に、これは本当に心の準備が必要そうだと、ため息を吐いて向き直った。

「お兄さんは、マリーさんとどこで知り合ったの？」

聞いちゃいけないことでもなさそうだし、落ち着くかな？　と話を振ってみる。

「あ、おう。そのぉ、なんつうの？　俺って昔はちょっと悪いことも……してたっつうかさせられてたっつうか。……そんな時にマリーちゃんに出会ったんだ。もう10年以上前になるか。

切ねぇ～！　全然振り向いてもらえねえの」

そんなことを言う割に、あまり会いに来ていないみたい。もっとマメに通ったりする方がいいんじゃないの？

「俺だって通いてえよ。でもなあ……魔族が行き来してるって知れたら、な？　傷が癒えるにも時間かかるしよ。自信なくすよなあ、俺、結構モテる方だと思わねえ？」

髪を掻き上げ、ポーズをつけた姿は、確かに様になっているのかもしれないけれど。

「うーん。カロルス様の方がカッコイイ」

どうにも漂う軟派な雰囲気は、女性には人気があるんだろうか。少なくともオレには豪快で男臭いカロルス様の方が格好よく思えるけど。

「うぐっ！　お前さ、今それ言う？　ここはお世辞でもカッコイイーイケメン！　素敵!!　って言うとこじゃねえ？　しかもカロルスってあのAランクだろ……もしかして、あれがマリーちゃんの側にいるからダメなのか⁉」

でも俺あれには勝てねぇし、なんてぶつぶつ言うお兄さん。大丈夫、カロルス様はマリーさんの好みからは外れているみたいだから。

「そろそろ大丈夫？　行こっか」

「アッ！　待って！　ちょい待ち！」

大丈夫大丈夫、生きていたら回復してあげるから！

「マリーさーん」

お兄さんの手を引きながら小さく呟くと、ばんっ！　と正面扉が開いた。

「ユータ様ー！　お呼びで――」

満面の笑みで飛び出してきたマリーさんが、ピタリと挙動を止めた。

「……来ちゃった」

語尾にハートがつきそうな台詞で、てへっと肩をすくめたお兄さん。その顔が引きつったかと思うと、ひゅっとオレの頭上を何かが通り過ぎた。

オレの髪を刈る勢いで通り抜けた華奢な脚に、背中に冷たい汗が流れる。そして、握った手からはいつの間にやらお兄さんの大きな手が消えていた。

「ま、待て！　話を！」

転移!?　オレの隣から消えたお兄さんは、離れた場所へ出現していた。神速の蹴りを放ったマリーさんが、そのまま地を蹴って追いすがる。

「話などありません！　ここへ来るなと何度言ったら！　ましてユータ様に触れるなど！」

「何度って！　そんな来てねえよ!?　そのくらい、許してっ、くれねえのっ!?」

目まぐるしく消えては現れるお兄さんに、徐々にタイミングを合わせていくマリーさん。一定範囲内で逃げることしかしないお兄さんは、そのうちクリティカルヒットをもらうだろう。遠くへ逃げればいいはずなのに……お兄さん、体張ってるなあ。

「ねえ、マリーさん」

「はい、ユータ様どうしました？　すみません、大丈夫ですよ。すぐ駆除《くじょ》しますので」

さっと戻ってきたマリーさんが、にっこりと笑顔でオレの頭を撫でた。

「……ひどくねえ⁉　俺、結構健気《けなげ》で一途な好青年だと思うんですけどぉ！」

かなり離れた位置から、お兄さんが涙ながらに訴えている。毎回こうなんだ？　お兄さん、確かに健気《けなげ》だとオレは思うよ……。

「あのお兄さんは誰なの？」

「あれは昔に……倒しそこねた悪者ですよ」

マリーさんの笑顔が眩しい。スパンと言い切られて、お兄さんがいじけていた。

「子どもに嘘を教えるのはよくないと思いますー！　マリーちゃんは俺を助けてくれたって、俺分かってるから！　本当は優しいマリーちゃんだから、俺のことを思っ……つぶねー！」

「チッ……」

熱く訴えかけるお兄さんに問答無用の拳が放たれ、またもや間一髪のところで空振った。転移したお兄さんの服が、遠目にも裂けているように思うのは気のせいだろうか。

「マリーさん、あの人そんなに悪い人かな？　ダメだよ、ケンカしたら」

オレの言葉に、眉を下げたマリーさんが口ごもった。

「ユータ様……。でも、これはケンカなどではなく、討伐と言いますか……」

「俺は魔物じゃねえ！」

とにかく、今現在このお兄さんはこちらを攻撃するつもりもなさそうだし、一方的に傷つけるのはどうかと思う。じっと見つめたマリーさんの瞳は、いつになく揺れているように思えた。

「ねえ、オレもお話聞きたいし、おうちに入ろうよ！」

オレは、なんだか少女みたいに戸惑うマリーさんに微笑んだ。そっと華奢な手を取ると、マリーさんも少し困った顔で微笑んでくれる。

「ユータ様がそうおっしゃるなら、仕方ありませんものね」

「うん、仕方ない！」

左手を繋いで館へ向き直ると、右手がぐっと持ち上がった。見上げれば、やや緊張した面持ちのお兄さんだ。今度はしっかりとオレの手を握っている。

「連れてってくれんだろ？　ちびっ子、感謝するぜ。……新たな第一歩だ。間接的にでもさ、こうして手を繋いでいると、ほら、マリーちゃんの温もりも伝わってくるような気が……」

しないしない。それ、間違いなくオレの温もりだから。

「オレはユータだよ。ちびっ子じゃないから」

「うん？　そうか！　ユータ、な。俺はアッゼだ。男前で結構強いアッゼさんだぞ」

マリーさんはそんな紹介を全然聞いていない様子で、何やらぶつぶつと呟いている。

「間接的に手を繋いでいることに⁉　そんな……で、でもユータ様の手を離すことも……」

マリーさん……。なんだかこの2人、気が合いそうだけどなあ。

「庭で戦闘があったと聞いたが、お前か。騒がしいことだ」

「俺？　俺のせいなの⁉」

カロルス様は特にアッゼさんを嫌ってはいないようで、一安心。何事かと出てきたエリーシャ様とセデス兄さんも、どことなく生温かい視線を寄越していた。

「えーと、お初……じゃねえや。何度かお目にかかりましたアッゼさんですよ。なんか落ち着いて顔を合わせるのは初めてな気がするな」

どうやら挨拶したつもりらしい。アッゼさんを見上げると、へへ、と気の抜けた笑顔が返ってきた。なんとなく薄氷《はくひょう》を踏むような均衡を感じてそっと手を取ると、予想外に強く握り返してきた。大きな手は、じっとりと汗を掻いている。Ａランクの巣窟《そうくつ》へ足を踏み入れるのは、相当な勇気がいったんだろうな。単身乗り込む度胸は、買われてしかるべきだと思う。

「その、俺、マリーちゃんにプレゼントなんて持ってきてみま――」

「いりません」

ガクゥ……。哀れなアッゼさんが崩れ落ちた。取りつく島もないとはこのことだ。

「お、おいおい。せめて受け取ってやれよ。あんな目に遭いつつ、何度も会いに来る根性はすげえと思うぞ。軽そうなのは見た目だけじゃねえか」

うるうるした瞳で、バッと振り返ったアッゼさん。

「か、カロルスぅ～お前っていい奴じゃん！　俺、ちょっと見直しちゃった！」

「その軽そうな言動がいけないのじゃないかしら……」

呆れ気味のエリーシャ様が、やれやれと紅茶を手に取った。突っ立ったままだったオレは、アッゼさんにもソファーを勧めて隣へ腰掛ける。

「ねえ、プレゼントって何？　見せて！」

「お、おう。ほらよ」

何気なく収納魔法を使うのは、さすが魔族ってとこだろうか。空間から取り出された細長い箱は、思ったより大きくて重かった。

「え、重っ……。これ、何？」

土偶《どぐう》でも入ってるの？　プレゼントって言うからにはアクセサリーかと思ったんだけど。

「まあ、開けてみてのお楽しみってな」

アッゼさんは片肘をついて、ちょっぴりやけっぱち気味にへらっと笑った。せっかくだもの、渡したいよね。直接渡したかったろうけど、マリーさんは意地っ張りみたいだから。

オレはぽん、とソファーから飛び降りると、精一杯きらきらな笑顔を浮かべて見上げた。

「マリーさん、プレゼント！　うれしいね！　はいどーぞ、開けてみて？」

差し出すと、マリーさんがでれっと笑み崩れて受け取ってくれた。

「――ハッ!?」

ふふふ……今頃我に返ってももう遅い！　プレゼントはちゃんとその手の中にある。してやったりとソファーに戻ったオレに、アッゼさんが渾身の『グッジョブ！』を見せた。

「ねえねえ、開けてみて！」

「ユータ様ったら……。もう、仕方ないですねぇ」

ぱたぱたと足を揺らして期待に満ちた視線を送ると、マリーさんは苦笑して箱を開いた。

「うわぁ。僕も大概アウトって言われるけど、それはないんじゃないかなー」

「いや、まあ、一周回ってマリーにはいいんじゃねえか？」

マリーさんがひょいっと箱から取り出したものに、オレはぽかんと口を開けた。

「……まあ。……これは」

「その、マリーちゃんあの時もつけてたろ？　それ、いいんじゃねえかと思ってさ」

鈍く光るそれは、ずっしりと重そうで。あしらわれた宝石は、決して装飾のためではないとよく分かった。オレの視線は、そわそわする男とプレゼントを往復した。……あのさ、あれが意中の女性へのプレゼントで合ってるの？

「あら、マリーに似合いそうじゃない！　もらっておきなさい、いいものじゃないの」

「エリーシャ様……」

当のマリーさんは、ちょっぴり上気した頬で困った顔をした。どう見ても、プレゼントが思ったより嬉しいもので、捨てられなくて困っている様子だ。

「へへ、結構攻撃力高いんだぜ？　魔石には俺直々の増幅効果が入ってるからさ、ヒトには真似できねえシロモノってわけ。……間違っても俺に使わないでくれな？　マジで死ぬから」

オレはどこか少しだけ進展した風の2人を交互に見やった。そして納得できない気分で、大切そうに抱えられたガントレットを見つめた。いいの？　マリーさんそれでいいの？　すごく強そうなガントレットだけども！　それで喜んじゃっていいんだ。

「ふう……。お似合いの2人ということで、いいんじゃないでしょうか」

執事さんが、なんだか疲れた様子でため息を吐いた。


「いやー、ちび……ユータだっけ？　助かったぜ！　お前にでっかい借りができちまったな」

あのあと、マリーさんはちょっぴり悔しそうな顔をしつつ、いそいそと退室してしまった。

オレはそろそろ学校に帰ろうかな、なんて思っていたんだけど、隣からの『俺を置いていくなよ!?』圧がすごかったので、ひとまずアッゼさんを連れて厨房にやってきた。

「でも、アッゼさん、次来た時にあれ使われちゃったら危ないいんじゃないの？」

「……使わないでくれるといいなぁ。割とマジで」

――でもラピスなら、もらったら使いたくなるの！

うん……アッゼさん、大丈夫だといいね。

話しながらも作業は止めずに、手早くクッキー生地を完成させた。カカオが見つからないので、なんとかっていう芋の粉らしい茶色いパウダーを混ぜ込んだ生地と、プレーン生地を作る。

「それでお前、何作ってんだ？　器用だな」

「オレ、帰ろうと思ってたのに引き留めるから……。今作ってるのは普通のクッキーだよ」

「当たり前じゃねえ!?　お前、狼《おおかみ》の群れにウサギさん放り込んで、立ち去ろうとするわけ!?」

ウサギさんとはなかなか図々しいんじゃないの？　アッゼさんだっておそらくAランク程度の実力者だと思うのだけど。

よし、上手くできてくれますように！　２種類の生地を組み合わせ、最後に棒状にひとまとめにすると、キンと魔法で冷やして固くした。

「……何気なく魔法使うのな。お前、将来怖ぇぇな」

アッゼさんだって使うでしょう？　気にせず棒状の生地に真っ直ぐ包丁を入れると、１センチ程度の厚さの輪切りにした。アッゼさんがひょいと背をかがめて、オレの手元を覗き込む。

「おおお!!　なんだそれ!?　すっげーな！」

すぐ側で上げられた大声に、耳がキーンとなった。大はしゃぎするアッゼさんに苦笑しつつ、残りの生地も輪切りにして鉄板に並べる。鉄板の上にはにこっと笑ったお顔がいっぱいだ。このお顔はクッキー生地を組み合わせて、金太郎飴みたいにして作るんだよ。

窯の調整は管狐と料理人さんにお任せして、エプロンを脱いだ。

「アッゼさんは、これから魔族の国に帰るの？」

「んー俺は転移でちゃっと帰れるからな。今はせっかくだからこっちにいるぜ！　マリーちゃんのガードがちょっと緩んだ、今がチャンスだろ？」

「アッゼさんの転移は、遠くまで行けるんだね」

彼は隠密のスモークさんよりも、ずっと転移が得意そうだ。

「当たり前よ、アッゼ様の転移は一級品だぜ？」

得意げに笑った顔は、どうやら魔族の中でも上級クラスであることを窺わせた。

「オレもね、転移できるんだけど、アッゼさんみたいに瞬間的にはできないの」

「はあ⁉　お前、転移もできんの⁉　できりゃ十分じゃねえか！」

生意気！　とオレの両頬を潰した手を除けて、さらに聞いてみる。

「どうやったらあんな風に早くできるか教えて！」

「どうって言われてもなぁ、できる奴はできるし、できねえ奴はどんだけやってもできねえよ。

パッとやってシュッとする感じで――」

……だめだ。カロルス様に輪をかけて説明できない人だ。ただ、話を聞いていると、どうやらこの瞬間的な転移は生まれ持っての才能がいるらしい。魔族は魔法と非常に相性がよくて、そういったいろんな「魔」の素質を持った人がいるそうな。

「あ、できたみたい。今日はウリスが担当なの？　ありがとう！」

オレはきゅうっと響いた鳴き声に立ち上がった。管狐部隊の焼き担当班は優秀だ。

「……なあ、俺はその管狐にツッコミを入れた方がいいか？　フツーにペットですって雰囲気で管狐がいるんですけど」

アッゼさんにジットリ目を向けられながら、よいしょと窯を開けた。

『ゆうたは、相手が同種の人間じゃなければバレてもいいって思ってるわよね……』

それはそうかも。だって、住む世界が違うなら、何か言われることもないかなって。

窯の扉を開けた途端、もわっと熱い空気と共に、甘い香りが厨房に広がった。胸いっぱいにいい匂いを吸い込んで、にっこりと笑う。お菓子を焼いた時の、この瞬間が何より好きだ。

「美味そうな匂いだな！　すげー、ちゃんと顔になってるじゃねえの」

取り出した焼き台には、ずらりと並んだにっこりクッキーがいっぱいだ。切る時の力加減で、怒り顔やらちょっぴり歪んだ情けない顔もちらほらある。

「これと、これと――ほら、アッゼさんみたいだね！　あげるね！」

「お前……ケンカ売ってる？　なんでへにょっとした顔ばっかり寄越すんだよ！」

だってアッゼさんに似てるから。ぶうぶう言うので、仕方なくきれいにできた顔もいくつか詰めて、小袋に分けてあげた。

「おう、ありがとな。マリーちゃんも引っ込んじまったし、俺もそろそろ帰るか」

少し残念そうにしつつ、犬にするようにオレの頭を撫でた。アッゼさんも村に住むようになるといいなあ。でも、そうするとヤクス村ってものすごい戦力だ。小さな国と戦争できそう。

「そういやさ、村に変な建物あるじゃねえ？　あれ何よ？」

転移しようとした時、アッゼさんが思い出したように振り返った。変な建物??

「そう。これだよ……ほら」

言うなりオレを小脇に抱え……一瞬で視界が屋外に切り替わった。これが、瞬間的な転移!!

すごい、本当に一瞬だ。急激な変化に五感がついていかず、腰を抱えた腕にしがみついた。

「お、転移酔いか？　だけどお前も転移するんだろ？」

みんなが言う怖いってこれのことかな？　怖くはないけど、気持ち悪いかもしれない。

「そうだけど、オレの転移と全然違うよ。オレのはもっとゆっくりだから」

「マリーちゃんはさ、転移直後でも攻撃できんだぜ！　すげーよな」

なぜか得意そうなアッゼさん。察するに、攻撃されたのはアッゼさんじゃないのかと思うんだけど、そこはいいんだね。

ゆっくりと周囲を確認すると、感覚が戻ってきた。ここは村外れの真新しい建物の前だ。

「うっ。ここって……」

『あら、天使の聖堂ね。小さいけど、あんまりきらびやかでもよくないものね』

オレとしては、お地蔵さんのお堂みたいなのがあればいいと思っていたんだけど、そこに作られたのは真っ白な石の聖堂。数人まとめて入ることのできる、そこそこ大きな建物だ。

「ここ、なんだ？　魔力を感じるからさ、なんか秘密でもあるんじゃねえかと思ってな。下手に入ってマズイ場所だと困るだろ？」

ううーん、あんまり説明したくはないけど、説明を渋るのもおかしいよね。

「ここは天使様の聖堂だよ。最近、この近くで天使像が見つかったから」

「フーン。で、天使ってなんだ？」

うう、それをオレが説明するの？　自分の失敗談を美談のように語るって、本当に恥ずかしい。もしょもしょと説明するオレに、アッゼさんはああ、と手を打った。

「聞いたことあるわ。へえ、ここが発祥《はっしょう》なんだな。じゃあ俺が中を見てもいいんだな？」

興味津々で聖堂に足を踏み入れると、天使像を見上げてへぇ、と感心したように声を漏らした。現代の地球なら小型版がホームセンターにでも置いてありそうだけど、ここでは十分に立派な天使像だ。さすがモモ監修。

『うん、いいわね。聖堂もなかなかのものじゃない？　天井と背後から光が差し込む設計なんて、素晴らしいと思うわ』

「……なんかさ、これ、お前っぽい波動を感じるんだけど」

さすがは魔族！　そりゃあ、胎内にオレの魔力の結晶みたいなものが入っているからね。

「お、オレ？　オレは関係ないよ⁉　全然‼」

訝しげな顔をしたものの、それ以上は突っ込まれずにホッと胸を撫で下ろした。

「で、それが教本か。ふーん、ロクサレンとしてもこれを勧めてるわけね？」

え？　教本⁇　アッゼさんの視線を辿れば、一体いつできたのか、天使教の教えを記したらしき書物が広げて置いてあった。パラパラめくったアッゼさんがふむ、と頷く。

「割と大人しい宗教なのな。悪くねえじゃん。写しをもらったら、適当に配ってやるよ」

「えっ！　いいよ‼　広げなくていい！」

「なんでだよ⁉　ここが有名になった方が、マリーちゃんたちは喜ぶだろ？」

確かに領主からすれば自領が潤うだろうし、願ったり叶《かな》ったりなんだろうけど！　でも、あんまり強く止めると、魔族だからか？　って言われそうで、ぐっと詰まってしまった。もういいか……。教本はオレと関係ないし。

「よし、気になってたトコも見られたし、じゃ、な！」

「あ、ちょっと待って」

今度こそ帰ろうとしたアッゼさんの手を取ると、今度はオレが転移を発動する。

「おわ、おわわ……!?」

ふわっと体が溶けて広がるような、緩やかな感覚のあと、すうっと意識が浮上して体が再形成される感じだ。オレはこれ、心地いいと感じるけど。

「あ……ど、どうなった？　俺、無事!?」

オレの部屋でぺたんと尻餅《しりもち》をついたアッゼさんは、放心状態で自分の体を確認する。

「どう？　オレの転移って、時間かかるでしょう？」

「全然違うじゃねーか！　怖ぇよ！　消えてなくなるかと思ったぜ！　もう絶対やるなよ!?」

やっぱり怖いらしい。オレの転移は人を連れていくには向いていないのかな？　エルベル様は大丈夫そうだったんだけど。怖い怖いと言いながら立ち去ったアッゼさんを見送って、オレもようやく学校へ戻ろうとした時、大きな気配を感じた。

「あれ？　どうしたんだろう」

明らかにオレに気付けと言われているようで、急いで外へ飛び出す。案の定、そこには木の陰に隠れるようにして、こちらを見つめる長身の人影があった。

「わあ！　どうしたの？　そんな姿で！」

「てめーが来ないからだ！　あの姿でここへ来たら目立つだろうが!!」

不機嫌そうに腕組みをしているのは、金色の瞳、漆黒の髪の美丈夫《びじょうふ》だ。その姿でも十分目立つと思うけど、黙っておこう。そういえばルーのところもご無沙汰だったかな？

「依頼受けたりしていてね、なかなか行けなかったんだ。ごめんね」

「気になることがある。……誰か、来なかったか？　おかしな者が来るかもしれん」

心配して来てくれたの？　おかしな者って、もう来たけど……アッゼさんかな。

「大丈夫、来たけどいい人だったよ！」

笑顔で答えると、ルーは妙な顔をした。

「……いい人……？　まあ、問題ないならいい。じゃあな」

もう帰るの!?　と続けようとした声は、ごうっと風の音に掻き消された。ぐんっと高く飛び上がったシルエットは、まるで空中を跳躍《ちょうやく》するように、あっという間に空に消えていった。

「もう帰るのか？　今度は休みの日にゆっくり来いよ」

「うん！　カロルス様、またね！　今度の連休はこっちでゆっくりするね」

ひょいとぬいぐるみのように抱き上げられて、床が随分と遠くなった。もう立派な冒険者だもの、甘えていたらダメなんだ。そうは思っているのだけど、今日だけ、ちょっと甘えるくらいはいいだろう。自然と緩む口元を隠すように、オレはぎゅっと硬い首を抱きしめた。

「よし、じゃあ次の休みは皆で出かけるか！」

体に直接響く低音が心地よくて、嬉しくて、オレは満面の笑みを向けてバンザイした。

「本当!? カロルス様、約束だよ！」

次のお休みまであと何日だろう。もう既に待ち切れなくて、身悶えするような思いだ。

「じゃあねー！」

見送るカロルス様に手を振って、オレはふわっと光に包まれた。

＊＊＊＊＊

「――ユータ、この分だと結局泊まってくるんだろうね～」

ラキは、ユータが帰ってくるのを目途《めど》に、と熱中していた作業を中止して、隣のベッドに目をやった。２人の先輩が寝ている時間だというのに、そのベッドの主は戻っていない。

月のない夜は随分と暗くて、ラキがランプを消すと、部屋の中は真っ暗になった。

6章　地下にいたもの

――ユータ、ユータ、ユータ!!

ラピスは、必死の形相《ぎょうそう》で奔走《ほんそう》していた。

――どこにいるの!?　どこに行ったの!?

いつもの通り、光の中でにこっと笑って、ただいまと言うはずだったのに。いつものように、ユータが転移の光に包まれるのを確認して、フェアリーサークルを起動したのに。

だけど、いつも通りに到着したのはラピスだけだった。いくら待ってもユータが帰ってこない。湧き上がってくる不安に堪らず、ラピスは真っ暗になっても学校を、街を、探し回った。

――どうしよう、どうしよう！　ユータがいないの。ユータがいないの！

いつも傍らにあると信じていた姿が消えて、ラピスは恐慌に陥った。当てもなくロクサレンとハイカリクを探し回り、もしやと街道を辿ってもみた。

――いないの。ユータ、いないの。ラピス、どうしたらいいか分からないの。

こんな時にアドバイスをくれるモモも、寄り添ってくれるティアや蘇芳、一緒に探してくれるシロもいない。一緒に慌てるであろうチュー助すらいない。

月のない空の下で、ラピスは大きな耳を垂らし、空のベッドにぺたりと座り込んだ。しばし呆然とするラピスの耳に、小さな声が届いた。

『ムィ？　ムゥムゥ。ムゥー、ムゥー！』

ふわっと体が温かくなって、ゆっくりと項垂れた顔を上げる。そこにはムゥちゃんが、いた。窓辺の小さな影は、葉っぱを手に取り一生懸命、ラピスに向かって仰ぐように振っていた。

温かくなった体に、ラピスのぐちゃぐちゃになった頭がほぐされていくような気がする。ユータの魔力みたい……と思うと、群青《ぐんじょう》の瞳からぽろりと雫が転がり落ちた。

——ラピス、ひとりぼっちなの！　ムゥちゃん……いてよかったの！

小さな天狐《てんこ》は、ムゥちゃんにすり寄ってぽろぽろと泣いた。ユータの魔力をたっぷり吸い込んだムゥちゃんからは、ほのかにユータの魔力が伝わって、徐々にラピスを落ち着かせた。

——あのね、ユータがいなくなったの。ティアもモモもシロもスオーもチュー助だっていないの。ラピス、ひとりぼっちだったの。

ムゥちゃんの柔らかな琥珀《こはく》色の瞳を見つめて、ラピスは切々と訴えた。ムゥちゃんはこくこくと頷きながらラピスを見つめている。ほどなくして泣き止んだラピスに、ムゥちゃんは葉っぱを1枚ちぎってラピスを指し、それを数片にちぎった。

『ムゥ！』

しきりとラピスと葉っぱを指して何かを訴える様子に、ラピスはきょとんと首を傾げた。

――ラピス、いっぱいちぎるの？

ムゥちゃんはムゥムゥ怒って、違うと首を振った。じゃあ、ラピスが、ばらばら？　いっぱい？　……ラピスが、いっぱい!!　ラピスは、ハッとしてムゥちゃんを見つめた。

――そうなの！　ラピス、1人じゃなかったの。ムゥちゃんもいるし、アリスたちもいるの。ラピス、頭が真っ白だったの……。うん、もう大丈夫なの。

ラピスはぐっと顔を上げると、ムゥちゃんにしっぽを振ってありがとうと言った。


――ユータが、いなくなったの。アリスは連絡役で残って、あとは全員で探すの！　ユータは、きっとまた何かに巻き込まれてるに違いないの！　絶対探し出してみせるの!!

「「「「きゅうっ!!」」」」

不安げな管狐たちに精一杯の虚勢を張って、隊長は檄《げき》を飛ばした。管狐たちが威勢よく方々へ散らばったのを見届けてから、ラピスの耳としっぽがへたりと垂れ、アリスに泣きついた。

――ラピス、ひとりぼっちだと思ったの！　みんながちゃんといてよかったの……！

アリスは優しくきゅっと鳴いて、前肢でぽんぽんと少し強めに叩いた。ありとあらゆるところに助けを求めるべきだと諭《さと》すアリスに、ラピスは考えを巡らせる。

──ええと、他に助けてくれそうな──あっ！

脳裏をよぎった最も頼もしい存在に、ラピスは即座にフェアリーサークルを発動した。

「きゅうっ！」

『……なんだ？』

ぼすっ！　と勢いのまま胸元に突っ込まれ、漆黒の獣は迷惑そうに金の瞳を細めた。

──ユータが、ユータがいなくなったの！　一緒に探してほしいの！

『なんだと!?　あの野郎……！　大丈夫と言っただろうが!!』

──魔族は大丈夫だったの！　違うの、ユータは転移していなくなったの！

『は？　魔族？　なんのことだ』

どうも噛み合わない会話に、もどかしく事情を話すと、ルーは深いため息を吐いた。

『タイミングが悪かったか。しかし転移中をかっ攫われたらどうにもならねー。魔族なんかじゃねー、俺が気を付けろと言ったのはこのことだ』

──攫われた？　……誰？　誰が、ユータを連れていったの。

不安から一転、怒りのあまり冷静になったラピスは、底冷えする目でルーを見た。小さな破壊神を前に、ルーは逡巡する。しかし、兎《と》にも角《かく》にも早く行った方がいいのは確かだ。

「きゅうっ！」

その時、ぽんっとアリスが現れた。もしや、とラピスの瞳が輝いたのを見て、アリスは少し耳を垂らして曖昧な情報を伝えた。

『あっ……おい、待て！』

焦ったルーの声を置き去りに、ラピスは藁《わら》にもすがる思いでフェアリーサークルを発動した。

——ここ、なの？

見たことのある景色に、ラピスは少し目を細めた。自信なさげに耳を垂らしたエリスが、分からない、と俯いた。だけど、わずかに……確かに、感じるユータの気配。

——ユータ！　ユータ‼　どこにいるの？

胸の内の繋がりを頼りに、ラピスは再びユータに呼びかける。

『ラ……ピ……ス…………？』

……繋がった‼　微《かす》かに届いたユータの気配に向かって、ラピスは一直線に飛んだ。

＊＊＊＊

カロルス様に手を振って、いつものようにふわりと光に溶けた。——そのはずだった。

意識が拡散しようとした時、ぐっと引っ張られるような不思議な感覚に、思わず目を開ける。

「あ、れ……？」

暗い。まだ夕方だったはずなのに。明らかに学校ではない場所に、不安が込み上げてくる。どうして転移先が変わったの？　ここ、どこ？

オレの目でも暗く感じる周囲に、さっきよりずっと寒い空気。吐いた息は、白くなっているんじゃないだろうか？　胸の鼓動《こどう》まで響くような耳の痛い静寂に、ぞわりと肌が粟立《あわだ》った。

ここ、どこ？　怖い。……怖い。明かりをつければいいかもしれない。もう一度転移すればいいかもしれない。でも、暗闇の中でぎゅっと小さくなったオレは、息をするのも怖かった。

その時、優しい声と共に、ふっと胸の内が温かくなった。

『側にいるわ、大丈夫よ』

『何かあっても駆け抜けてあげるよ、ぼくに乗ったらいいよ』

『一緒にいる。スオーがいれば怖くない』

そして、オレのほっぺにまふっと触れたのは、ティアの温もり。フェリティアの柔らかな気配に包まれて、少し息をするのが楽になった。

『えっ、なんか暗っ！　寒っ！　ここ冷蔵室？　主、なんでこんなとこ来たんだ』

と、耳がキンとするほどの静寂をぶち破って、素っ頓狂な声が響いた。到着したとばかりに短剣から飛び出してきたチュー助が、ぶるりと体を震わせてオレに抗議する。次いできょろきよろすると、ちょうどいいとばかりに袖口から服の中に潜ってきた。

「ちょっ、チュー助っ！　こら……あは、あははっ！」

チュー助はもそもそと腕を登って腹の辺りに滑り落ち、服の中でもがいた。そのあまりのくすぐったさに、身悶えて笑い転げる。

「は、はあー、もう～～！　ひどい目に遭ったぁ」

チュー助がようやく胸元から顔を出して落ち着き、オレも息を吐いた。あれだけ怖かった空気は、もう微塵もなくなって、辺りはただの暗い空間だ。

「ホント、ここはどこだろうね？」

見回すと、人の目には真っ暗な場所。オレの目には薄暗くゴツゴツとした、洞窟《どうくつ》。

「ねえ、オレ……ダンジョンみたいだなって、思ったんだけど」

『そうだよ！　ゆーたの知ってる場所だね』

シロの鼻は、しっかりとこの場所を覚えていたようだ。でも、オレにとってあまり嬉しくはない場所である気がする。魔物と罠《わな》を警戒しつつ、オレは少しずつ歩き始めた。

暗いダンジョンの通路に、凍える寒さ。カタカタと震える体を抱きしめて、慎重に慎重に歩を進めた。幸い、レーダーが捉える範囲に魔物はいない。どうしてこんなところに転移したのか分からないし、あの時の引っ張られる感覚が気にかかる。単なる事故でなく、誰かに連れてこられたのなら、できればシロたちは奥の手として隠しておきたい。本当は心細くて……みんなと連れ立って歩きたいけれど。

ああ、ラピスもいれば……。心配しているだろうな。きっと、オレを探し回っているに違いない。きっと、辛い思いをしているに違いない。一生懸命オレを探しているだろうラピスを思って胸が痛んだ。ダンジョンにいるせいなのか、それとも転移を邪魔した存在のせいなのか、オレはここへ来てから、ラピスと繋がることができないでいた。

とにかく、早くここを出なくては。ダンジョンにオレ1人だなんて、無謀《むぼう》が過ぎる。

じゃり、じゃり……心細い足音を響かせながら歩いた先は、ぽっかりと広い空間になっていた。さらに冷えた空気に、ぶるりと凍えて体をさする。

「ああ……やっぱり『ここ』なんだね」

あまり嬉しくはない予想が当たって、憂鬱《ゆううつ》な気分で目の前に広がる光景を眺めた。

ここは――冷たい深淵《しんえん》の地底湖ダンジョン。雷鳴《らいめい》の大太鼓《おおだいこ》、ゼローニャのダンジョンだ。それも、あろうことか地上から地底湖を通り過ぎた場所に転移している。

「ここ……やっぱり怖い」

オレの足は湖の手前で止まってしまった。思わず後ずさろうとする体をなだめ、しびれるほどに冷えた指先で、大事な肩掛けカバンをきゅっと握る。

『戻るには、ここを通らなきゃいけないのね……』

『大丈夫！　以前みたいにぼくが走り抜けるよ』

『スオーがいる。きっと運が味方する』

ふわ、と温かくなる胸の内に、オレはこくりと頷いて……再び足を踏み出した。

湖のほとりに立って深呼吸すると、なるべく下を見ないように前を向く。あまりに透明で深い地底湖は、まるで闇夜の空に立っているようだ。覗き込めば容易に平衡感覚が失われる。水中に蠢《うごめ》くものの気配が、堪らなく不安だ。ここは、シロの助けを借りた方がいいだろう。

ちゃぽん――

シロに声をかけようとして、ピタリと挙動を止めた。あの時と同じ、どこからか見られているような気配。

――ちゃぽん……

ぞわっと総毛立つような感覚に、バッとオレからみんなが飛び出した。

「――もっと、怖がらせてやろうと思ったのに」

突然聞こえた声に、オレは文字通り飛び上がった。ビリビリと重くなっていく空気は、抑えてもなお溢れる敵意。目を凝らすと、湖の奥からゆっくりとこちらへ近づく影があった。

「……誰？　君がオレを連れてきたの？」

ぴちゃ、ぴちゃん……。静かな水音を響かせながら徐々に近づく影は、どうやら人の姿をしていて……そして、水面を歩いていた。

「1人だけ助かろうなどと――」

オレの問いかけなど完全に無視した言葉に、首を傾げる。なんのことか全く分からない。ただ間違いなく分かるのは、この人が怒っているということ。ほんの数メートルまで迫った冷たく鈍い稲穂《いなほ》色の瞳に、真っ青な髪。少女とも少年とも見える小柄な人影は、整った顔に冷たい無表情で、オレを睨みつけていた。

＊＊＊＊＊

ルーは、何度目かのため息を吐いた。

「お前の加護を持ったガキがいた！　もしやと思えば……こんなところでのうのうと！　なぜ穢《けが》れがなくなっている！　お前は既にこの世にないはずだったろう！」

巨大な漆黒の獣の前で、恐れもせずに怒りをぶつけるのは、ごく小柄な人物。青い髪を振り乱して詰め寄る姿は、いっそ痛々しいほどに必死だった。

『……不可抗力だ。既に死んでいたはずだった。だが、意識がないうちに穢れは祓《はら》われていた』

「だから！　その方法を教えろと言っている!!」

『知らん』

素っ気ない台詞に、青髪の人物がいきり立った。

突如響いた断続的な金属音と共に、黒い小さな刃と、青い円形の刃物がその場に転がった。

柔らかな下草の中で鈍く光る金属に目をやって、ルーは金の瞳を細めた。

「ぐっ、くそ……」

肩に突き立ったごく小さな刃を抜き取って、青髪の人物は歯噛みしてルーを睨みつけた。

『半人前が……勝てるかよ。一度は大目に見てやる。ジジイに免じてな。……帰れ!!』

射殺すような視線を残して消えた人物に、ルーは再び深くため息を吐いた。まさか、あんな面倒なヤツに目をつけられるとは。穢れとの因果関係を知らずとも、あいつはいずれユータのところへ行くだろう。せめて、助言なら許されるだろうか。

『俺も祓えるものなら、とは思う。しかし、ジジイはそんなこと言わねー。万が一にも幼い命を引き替えにするようなことは……絶対やらねー』

だから、おそらく大丈夫だ。そう思うが……あいつの濁った瞳が気にかかる。

『ち……こんな時に限って、あの野郎、全然来やがらねー』

ルーは金色の光を纏うと、不機嫌な顔をした黒髪の美丈夫へと姿を変えた。

……あいつは自分の身に頓着《とんちゃく》せず、無謀なことをしがちだ。事情は話さない方がいいだろう。

ルーは腕組みをして眉間に皺を寄せた。

＊＊＊＊＊

「どうして怒ってるの？」

体の底から冷えるような気配に息を吐くと、ぐっと顔を上げ、冷たい瞳を見つめた。

「……なぜ、ルーディスだけ助けた」

オレはキッと視線を強くして身構えた。シロが寄り添うように半歩前へ出、モモが徐々にシールドの強度を上げる。ルーの真名《まな》を、どうしてこの人が知っているのか。

「助けたってなんのこと？　オレはいっぱい助けてもらったけど……」

途端にざわりと湖が波立った。

「うるさい！　関わりがあったのはお前しかいない。祓ったのだろう!?　来てもらうぞ！」

どおっと滝のような水流が、オレたちのいた場所を襲った。すんでで飛びのいてシロに跨《また》がると、ひらりひらりと身を躱す白銀の獣に体を預けた。

「待ってよ！　どうして攻撃するの！　理由があるなら説明して！」

青髪の人は随分と焦っているようだ。ものすごい力を持っているのに、心が安定していない。だから、攻撃も当たらない。どうやら、オレに用事があるらしく、致命的なことはすまいとしているようだ。そのせいでオレたちには余裕が生まれ、相手には焦りが募る。

「何かオレにできることがあるの？　ちゃんと、説明して！」

ちっともきちんと答えてくれない人に、これが最後と諦めつつも再び声を張り上げた。事情も知らずに、敵意を向けてくる人についていくことはできない。

このまま逃げられるかもしれないと、シロと視線を交わした時、小さな呟きが聞こえた。

「だって……。早く……爺様が……」

呟きに引っ張られるように、オレたちはその顔を見てしまった。さっきまでの表情が嘘のように、泣きそうに歪んだその顔は、まるで、救いを求める子どものようにオレを見て――。

『シロ‼』

モモの悲鳴のような声にハッとしたのが先か、激流に飲まれたのが先か。思わず足を止めてしまったオレとシロを、湖の冷たい水が攫って飲み込んだ。

「フン……」

再び波ひとつなくなった黒い地底湖に、青髪の人物はずぶずぶと沈み込んでいった。

ふわふわ、ぐるぐる回っているような、上も下も分からない暗い水の中。だけど息苦しさにも冷たい水にも襲われず、オレはぎゅっと瞑《つむ》っていた瞳を開けた。

「あれ……？　大丈夫だ……」

『ゆーた、大丈夫？　ごめんね……。あのね、モモが頑張ってるんだよ』

心配げにオレを抱え込んだシロが、すり、と顔を寄せた。

『も……っと、優しく、招きなさいよ、ね……っ！』

モモはふるふると震えながら、必死にシールドを支えていた。そっか、シールドを維持してくれていたんだ。さすがモモだ、頼りになる。

「モモ、ありがとう。手伝うよ」

『……ふう、ちょっと楽になったわ。変なのよ、この水』

２人で張ったシールドは、ちょっとやそっとで壊れはしない。だけど、なぜか徐々にシールドがすり減っていくような感覚があった。

「なんだろう？　変だね。それに、すごく暗い。どこへ連れていくんだろう」

時々がつんとぶつかるのは水中の魔物だろうか。これ、シールドを張ってなかったら普通に死んでないかな？　ちゃんと連れていく気があるんだろうか。

『シロに掴まって！』

突然の蘇芳の声に、反射的にシロにしがみついた。次の瞬間、スカッと底が抜けたような感覚と共に、はっきりと重力を感じた。暗闇の中、石のように為す術もなく落ちる――！

『任せて！』

優雅に身を捻ったシロが、落下の姿勢を安定させた。耳元でヒュウヒュウと音を立てて降下していく。どうやらシロが風の魔法で落下速度を少し緩めているらしい。ぞっとするような落下の感覚が和らいだ気がした。暗闇の中、淡く輝くフェンリルの美しい毛並みだけが光源だ。

「ライト……小さく！」

ろうそくほどの小さな明かりを生み出して真下へ投下すると、はるか彼方で光が止まった。オレの目でなんとか確認できる、地の底だ。

『ゆーたありがと！　地面が見えるようになった』

「うん！　でも、水は？　さっきまでの水はどこ行ったんだろう」

底へ底へと沈んでいると思い込んでいたけど、どちらに向いているかなんて分からなかったもの、いつの間にか違う場所に移動していたのかもしれない。

『落ちる直前にシールドみたいなのを通り抜けたせいで、私のシールドが持っていかれたわ』

シールドが張ってある場所？　それにしても……寒さはそれほどでもなくなったのに、なぜだろう、落下と共に不安と恐怖がどんどん増していく。

「ねえ、怖い。オレ怖い」

纏わりつく粘液のような、不快としか言いようのない淀んだ空気が、下降につれどんどんと増していく。オレの震えを感じて、ティアが心配げにオレを見上げた。

「ピ、ピピッ！　ピピッ！」

激しい風音の中、ティアの小さく力強い声が響いた。さえずるような、ティアの渾身の歌と共に、じわっと体の内から光が満ちるような気がした。

「ティア……？」

『ゆーた、しっかり掴まって！』

その時、ごうっと強く風を感じたかと思うと、シロが何かを足場に軽く飛んだ。

『わ……っと！』

「シロ、ルーみたいに風を蹴って飛べるの!?」

まるで水面の浮き輪を蹴るように不安定だけど、シロは確かに、風を足場に減速していた。

『よいしょっ！　到着だよ。ルーの真似をしたの！　上手じゃないけど、できたね！』

嬉しそうにしっぽを振ったシロを盛大に撫で、オレも地に足をつけた。

辿り着いたその場所は、明らかに淀み、凝《こご》って、空気の色まで黒い気がした。

「でも、体はさっきより楽だ。ティア、何かしてくれたの？」

「ピ……」

羽毛を膨らませて目を閉じていたティアが、チラリとオレを見て小さく鳴いた。

「ティア……。ありがとう。無茶、したんだよね……」

具合の悪そうな様子に、せめてと点滴《てんてき》魔法を使ってみる。怪我でも病気でもないから、助けになるか分からないけれど、それでもティアは少し力を抜いたようだった。

感謝を込めて、ふわふわした羽毛をそっと撫でると、改めて地の底を見回した。周囲はゼローニャのダンジョンと変わらない、自然の洞窟のようだった。ただの落とし穴ではなく、どうやら一方へ延びた道があるようだ。落下した分登るしかなかったらどうしようかと思ったけれど、とりあえず進む場所はありそうだ。あまり明るくして魔物を呼んでもいけないので、ろうそくほどの明かりを灯した。オレの目には十分なはずなのに、ここではほんの数メートルしか視界が確保できない。

『ゆうた、そこにもシールドみたいなものがあるわ』

そちらへ進むしか道はないのだけど、そこにシールドがあると言う。さっきは通り抜けられたみたいだけど、次はどうだろうか。シールドの奥は、先の見えない暗闇が続いていた。

「どうしよう、触っても大丈夫かな」

もしやビリビリってなったりしないだろうか。いきなり触るのは怖かったので、収納からお肉を取り出してぽいっと投げると、特になんの抵抗もなく通り抜けたようだ。

『ゆーた、ぼくが見てくるよ！』

よし、と気合いを入れて踏み込もうとしたところで、サッとシロが先行してしまった。シールドの向こうへ飛び込んだシロは、ほどなくして戻ってきた。……口をもぐもぐさせながら。

『うん、大丈夫だったよ！　やっぱり嫌な感じはするけど』

ぺろりと口の周りを舐めたシロが、満足そうに言う。なんだか脱力しつつ、オレもそっとシールドをくぐり抜けた。

「うっ……！」

「ピッ……!?」

踏み込んだ途端、ありとあらゆるところから不快感が襲ってきた。思わず嘔吐《おうと》しかけて蹲ると、どうしたのかとシロたちが慌ててオレを囲んだ。

こんな強烈なのは知らない。でも、この感覚はきっと――!!

「じょ、浄化っ！　浄化っ!!　全力浄化ーっ!!」

シュッシュするくらいではとても間に合わない。オレは自重《じちょう》などかなぐり捨て、人間スプリンクラーよろしく周囲に金の霧を振りまいた。

「はぁ、なんとか息が吐ける……。みんなは大丈夫だったの？」

『ゆーたがきらきらしたあとは、随分体が軽くなったよ！』

『体調が悪いのに気付かなかった、みたいな感覚ね。今とても楽よ』

こういうことに敏感なティアが、一番具合が悪そうだ。一旦回路を繋いでオレの魔力を回すと、荒い呼吸が落ち着いてくる。

『スオー、よく見えるようになった』

本当だ、視界を覆っていた黒い霧のようなものが晴れて、先の方まで見通せ――

「えっ!?　大丈夫っ……!?」

そこには、華奢な体を人形のように投げ出してうつ伏せる人。駆け寄ったものの、特に大きな外傷はなさそうだ。苦しげではあるけれど、呼吸も脈拍もしっかりしている。地面に散った青い髪が痛々しかった。

『迷惑な子ね。ここで意識をなくしたから、あんなデタラメな招き方になったわけ？』

容赦ないモモに苦笑してしゃがみ込んだ。ひとまず少し回復して事情を聞いてみようか。手をかざした時、シロが奥から大声を上げた。

『ゆーた、来て！　早く!!』

駆け戻ってきたシロが、かっ攫うようにオレを乗せた。奥の方にも誰かいるのかとレーダーを伸ばすと、ほんの小鳥くらいの小さな反応だ。

「シロ？　どうしたの？」

シロは答えるのももどかしく、滑り込むように奥の通路に飛び込んだ。

「うわぁっ!?　こ、これ……お魚!?　……ううん、ヒト？」

狭い通路の先は、水没して地底湖に続いていた。そして、通路を埋めるように頭を陸に、体を水中へ浸して横たわっていたのは、巨大な生き物。オレの知識の中だと、リュウグウノツカイに近いだろうか。ただし、途方もなく大きかったけれど。25メートルプールに収まらないような長大な水生生物は、竜のような体を晒して……ピクリともしなかった。

静かな姿は老いた聖人を思わせるのに、じわじわ漏れ出すように嫌な気配が漂ってくる。

悲しい……悲しい。失われようとする命が、悲しい。この生き物を知りもしないのに、オレの胸に強い悲哀が生まれてぎりぎりと喉を締め上げられているような気がした。

巨大な生き物にわずかに残った生命の光。悲しく消えゆく命に、思わず手を伸ばした。

「うっ……。これ――!?」

触れた手から、ぞわっと駆け上るような生きた呪いの気配。ここまでの禍々《まがまが》しさを感じたのは、一度だけ。オレは瞬時に思い出した。

「ルーのと、同じ……!!」

ただ、大きさが違いすぎる！　呪いの規模も違う！　できるだろうか、この大きく儚い命が消えるまでに。１つ分かるのは、やらないという選択肢がないこと。

「お願いだよ、がんばって！　シロ、モモ、みんな、頼むね」

オレは完全に周囲の警戒を捨てて目を閉じると、目の前の生き物に集中した。周囲にぬめるように纏わりつく呪い――確か、ルーは神殺しの穢れと言っていた。じわじわと侵食してくるようなそれに、あの時はいなかったティアが、オレをサポートするように寄り添ってくれる。

ルーは、この事態を避けるために移動していたんだろうか。あんなに傷だらけになって湖にいたのは、あそこに溢れる生命の魔素で、周囲に及ぶこの淀みを消したかったからだろうか。

ひやりと冷たい巨体は、ちっとも生命感がなくて、オレを焦らせた。イルカのように閉じられた瞳も、水中で輝くヒレも、わずかな動きさえない。果てしない浄化は、まるで真っ暗な大海原をゴムボートで航海しているような感覚だ。あまりにも大きな穢れの気配に、小さな軽いゴムボートは一瞬でひっくり返ってしまいそう。

はっ……はぁ……。

怖い。オレの心が穢れを嫌がって、怖がって、ここを離れたがる。ドクドクと早鐘を打つ自分の心臓と、早い呼吸を感じた。身の内にイメージしたフィルターは、見る見る汚染されていく。オレは襲いくる不安感に堪らず、閉じていた瞳をそっと開けた。

まだ、なんの変化もないその姿は、相変わらずひどく悲しくオレの胸を掻きむしる。今離れたら、その瞬間に命の灯が消える。まざまざとそれを感じて、オレはきゅっと唇を引き結んだ。

怖い。でも、怖いと悲しい、どっちが嫌だろうか。回路を繋いだまま、じっと巨体を見つめた。どんどん汚染されていくオレのフィルターは、いつ限界が来るのだろうか。

……でも。そうだね。オレは、怖いより……悲しい方が嫌だ。

すぅー、はぁ……。

いつの間にか胸苦しさはなくなり、心が凪いでいく。小さなゴムボートは、巨大な鯨の背に支えられ、もうどんな波にも揺れることはなかった。

――ユー……タ！　……ユータ！　ど……こに……いるの？

「ラピス!?」

――どのくらい集中していたのだろう。深く深く意識の底に潜っていたオレは、突如繋がったラピスの声に、驚いて顔を上げた。気付けば周囲の重苦しい淀みが消えている。もしかして、あの淀みが繋がりを邪魔していたんだろうか。繋がった、と歓喜する様子が伝わってくる。ラピスがこの状況を見たら、怒るかもしれない。きっとひどい顔色であろう自分を思って苦笑すると、気持ちを奮い起こした。オレは悲しいのは嫌いだ。ラピスが悲しいと、オレも悲しい。勝手を通すなら、シャンとしなくてはいけない。

ぐっと顔を引き締めて巨体に目をやると、明らかに生命の反応は強くなっている。引き替えに、オレがフィルターに留めている穢れは今にも逆流しそうに暴れていた。これを抑え切れなければ、元の木阿弥《もくあみ》どころか、オレも巻き込まれて最悪の結果になる。

「う……あ？　お前っ!?　何をしているっ！」

響き渡った大声に、今度こそ飛び上がりそうになった。そうか、すっかり忘れていたけど、青い髪の人……！　じゃりっと起き上がったらしい物音と共に、こちらへ敵意を向けられたのを感じる。でも、オレは目の前の巨体から視線を外さない。

「手を、離せっ！」

激しい衝突音と、何かが地面に落ちる軽い音が断続的に響いた。

『ここは任されているの。通さないわ！』

『ゆーたの邪魔しないで！』

頼もしい声に、そっと微笑んだ。もう少しだけ、お願い。相手が危険であることを知っているけれど、それでもオレは任せると言った。そして、みんなは任せてと言ったから。信頼を胸に、オレたちはそれぞれの敵と向き合った。

＊＊＊＊＊

『モモ、攻撃防げる？』

『任せて、って言いたいところだけど、確実に止められるとは言えないわ』

『守ってばかりじゃ、ジリ貧だぜぇ！　攻めて守れ、打って出ろ！　シロ、主を守るんだろぉ！』

無責任にけしかけるチュー助に、シロは低く唸り声を上げて姿勢を低くした。ほわりとした普段の表情が、研《と》がれた刃のように変貌し、瞳に青い炎が燃えた。

『そう、ぼくはゆーたを守る』

魂《たましい》を震わせるようなフェンリルの咆吼《ほうこう》と共に、シロは風を纏って飛びかかった。

「フェンリルごとき……！」

唸りを上げて飛来するのは、無数の小さな輪状《チャクラム》の刃。

『逃げたら、ゆーたを守れない！』

当然避けるはずの投擲《とうてき》武器の嵐を前に、シロは真っ向から突っ込んだ。白銀の毛並みにパッと赤が散る。

『大丈夫。スオーが守る』

額の宝玉を揺らめかせ、蘇芳がじっとシロを見つめた。

「なっ……!?」

巨大なフェンリルは、無数の武器を奇跡のようにすり抜け、その人物の目前へ飛び出した。

「ガァァ！」

咆吼と共に肩に食らいついて、おもちゃのように投げ飛ばす。小柄な人影は放たれた矢のような勢いで壁へ激突すると、驚愕《きょうがく》に彩られた表情は土煙に消えた。

『シロ、大丈夫？』

『大丈夫、スオーのおかげで、かすってるだけだよ』

駆け戻ったシロは、油断なく土煙を見つめた。

しかし、土煙が収まるより先に、ユータの周囲にいくつも巨大な水柱が立ち上がった。

「ぐっ、爺、様……！」

ふらりと立ち上がった人影は、よろめきながら上げた手を振り下ろした。途端、水柱は猛烈な水圧でモモのシールドを襲った。

「爺様から……離れろっ」

『両……方はっ……無理、よ！』

再び出現した無数のチャクラムは、ただ1点、ユータを狙っている。苦しげなモモの声に、シロがユータの前へ踊り出た。全部叩き落とすのは、きっと無理。シロは冷静に判断してチャクラムを見据えた。

『大丈夫、ぼくはゆーたより大きいから』
──第一部隊、飛来物撃破！
「「「きゅうっ！」」」
『あ……』
シロの目の前で、無数の火花が散った。
──第二、第三部隊、多段攻撃なの！
「「「きゅーっ！」」」
容赦なく雨のように魔法が叩き込まれ、その場には再び土煙が舞い上がった。
──許さないの。ユータに攻撃したの……許さないの!!
群青の瞳を怒りに震わせ、小さな獣は土煙の向こうを睨みつけた。
『ラピス……!!』
頼もしい小さな背中に、モモたちが安堵の息を吐いた。

＊＊＊＊＊

よかった……ラピスが来た。オレは背中でそれを感じて、ホッと胸を撫で下ろす。ラピスは強敵に対する攻撃の要だ。きっと、もう大丈夫。

流れる汗をそのままに、ふう、と息を吐いた。巨体に感じる穢れは徐々に薄くなり、代わりに集めた穢れが今にも爆発しそうだ。早く結晶化して処理しないと、この量が溢れ出せば、オレの小さな体じゃものの数分ともたないだろう。

どうしてこんなに必死になってるんだろうとも思う。でも、知らない人なのに、知っているような気がして。この穢れのせいだろうか？　あの時のルーを思い出すからだろうか。

――だってもし、これがあの時のルーだったら？　ルーを救えずに看取《みと》っていたら？　もし、もしあの穢れに、ルーが食い尽くされていたとしたら……。

その時、固く閉じられていたまぶたが震えたような気がして、目を凝らした。わずかに開いたまぶたから覗いたのは――金色の瞳。穏やかな知性の光に、漆黒の獣の瞳が重なった。

「!!」

オレはカッと目を見開いた。怖さなんてもう頭から吹っ飛んでいた。そんなもの、微塵も残っていない。ただ、許せない。……この穢れがここにあることが、許せない!!

ぶわっと体に力が満ちるのが分かる。巨体に触れて冷えた手指の先まで、内から溢れるほどの光を感じた。

「そこから……出ていけ!!」

思わず口走った強い言葉と共に、柔らかな光が爆発した。

＊＊＊＊＊

ユータを背に、ラピスたちは青髪の人と対峙していた。ラピスの容赦ない攻撃に、既にボロボロになった姿はいっそ哀れなほどの焦燥《しょうそう》を浮かべている。

「そこを、どけ……」

『あなた、勘違いしているんじゃない。ゆうたはあの魚？　を助けようとしているだけよ』

「嘘を言え！　なら、なぜあの光はこんなに苦しい！」

生命魔法の光は、あらゆる生き物の生命の輝き。苦しむことはないはず。モモは訝しげに憤った顔を見つめた。

――何を言ってもユータを攻撃したことに変わりはないの。……覚悟するといいの……！

ラピスの周囲に浮かんだ膨大な炎の矢が、一斉に放たれた。必死にチャクラムで応戦する相手に、飛び交う無数の管狐がさらに追撃する。

『ラピスは怒ると怖いね』

シロはこちらが優勢と見て、やれやれと腰を下ろした。

『あなたも大概怖かったと思うわよ』

『でもぼく、怒ってないよ』

確かに、怒ってはいなかったかも。冷静に戦闘モードに切り替えられるシロは、もしや最も戦闘に向いているのかもしれないと、モモは密かに思った。

その時、突如背後から生じた光の奔流《ほんりゅう》に、青髪の人がよろめいた。

——隙アリ、なの。

ズドンと走った雷撃は目を灼《や》く閃光《せんこう》と共に、周囲の岩盤すら揺らして地響きを伝えた。

宙に浮かぶラピスの前には、妙な形に歪んだ黒い岩で道ができていた。漂う臭いにシロが連続でくしゃみをする。岩盤をも溶かす猛烈な雷撃を前に、何者も無事であるとは思えない。

しかし、ラピスは不満そうに傍らを睨みつけた。その群青の瞳は、雷撃を掠めるように飛び込んだ人影に気付いていていた。

——どうして邪魔するの！

青髪の人を蹴り飛ばして雷撃から逸らしたのは、均整のとれたしなやかな脚。

「……お前、ユータが見ていてもやるのか？」

怒りで思考が霞んでいたラピスは、魔法の言葉『ユータ』を聞いてハッとした。

——……違うの。ルーが来るって分かってたの。これは……ただの脅しだったの。

「脅しの威力じゃねー‼」

ルーは、ぼろ雑巾《ぞうきん》のようになって意識を失った人に近づくと、無造作に掴み上げた。

——それ、誰なの。捨ててきて欲しいの。

「てめーら、知らずに戦ってんじゃねー。そもそもなんで戦闘になった。ジジイを救いに行くって話だったんじゃねーのか」

ルーは、金の瞳を光の源へ向けた。洞窟を満たすように溢れた柔らかな光は、溶けるように徐々に収束していく。

「ルー‼」

光の中から飛び出した小さな人影が、一足飛びにルーに飛びついた。思わず抱きとめたルーの足下で、放り出された青髪の人が呻く。

「てめー……無茶しやがったな」

「そう？　ほら、元気だよ。無茶じゃなかったでしょう？」

胡乱《うろん》げに見つめる金の瞳が嬉しくて、ユータは漆黒の瞳をぴたりと合わせた。ああ、ルーだ。よかった、ルーがいる。ルーを助けられてよかった。だから、この人も助けられてよかった。

「あのね、オレ、ルーが大好きだからね、この人も助けたかったんだよ」

「……はあ？」

溢れる喜びを伝えようと、顔まで埋めて、小さな腕がぎゅうと硬い体を抱きしめる。

「……てめーの言うことは、いつも分からん」

ルーは、視線を泳がせて、プイと顔をそむけた。

＊＊＊＊＊

「で、諸悪の根源がコイツか」

ルーの視線の先には、ズタボロになった青髪の人。頑張ったみんなと、やっと戻ってこられたラピスとの感動の再会もほどほどに、オレは目下のところその人を回復している。シロはかすり傷だったので一瞬だったけど、青い髪の人はなかなか壮絶な重傷だ。

「随分激しい戦闘だったんだね……。みんな無事でよかった」

黒く抉れた岩盤を見やって、改めて背筋が寒くなる。こんな恐ろしい人から守っていてくれたんだね。

『えーと主ぃ、それは違うっていうかなんていうか』

——……ラピス、向こうを警戒してくるの！

オレのほっぺにすりすりしていたラピスが、思い立ったように飛んでいってしまった。

「爺様ってあの人だったんだね。ねえルー、この人のお母さんたちはどこにいるの？」

「こいつらは血縁じゃねー。神獣は次世代を見つけて引き継ぐものだ」

巨大なリュウグウノツカイはきれいさっぱり穢れを祓われ、なぜかおじいさんの姿になって横たわっている。今はただ、眠っているだけだ。

「よし、回復できたよ。あのね、この人にも結構穢れが溜まっていたから浄化したよ」

「だろうな」

『そのせいで、あの光に苦しんでいたのかしら？』

ルーやおじいさんとは比べるまでもないほどの量だけど、穢れは確かにこの人も侵食していた。あれほど濃密な穢れに満ちた空間で過ごしていたんだもの、神獣候補といえどもそうなるよね。ただ、今回二度目の浄化をして分かったのは、『神殺しの穢れ』ってルーが言うのは、浄化しても結晶として残るやつ。青髪の人を侵食していたのはその副産物みたいで、性質が違う。むしろただの呪いに近いから、浄化すれば消えてなくなった。

「で、いつまで俺に乗っかっているつもりだ」

ルーのあぐらの上に座っていたオレは、うーんと伸びをしてもたれかかった。後頭部と背中に、温かくしなやかな体を感じる。まふっとしないのが残念だ。

「だって、この人まだ何も事情を知らないもの、起きたら危ないでしょう？　ここが一番安全」

ふう、とこっそり息を吐いて力を抜いた。平気な顔をしていようと思うけど、さすがにしんどい。あの時浄化の光が膨れ上がったおかげで、暴れる穢れが一気に大人しくなった。同時にオレの心身もある程度整ったようで、長時間の重い浄化をしていた割に、思ったほどのダメージがない。

でも、穢れってなんだろう。オレが集めて浄化した穢れは、以前と同じただの美しい結晶として転がっている。浄化されてなお、穢れと言うのだろうか。普通の呪いは浄化すれば消えてなくなるのに、残ったこれは何なのだろう。くたっと力を抜いて、ぼんやりと考えていた。

「おやぁ……なんとなんと珍しいこっちゃ」

聞き覚えのない声に、少し意識が浮上した。あれ？　オレ、いつの間に眠っていたんだろう。ずっしりと体もまぶたも重くて、とてもじゃないけど起きようという気になれない。

「……うるせー」

ふて腐れたルーの声が、低く体に響いて心地いい。

「それがぬしの次世代ちゅうことか？　変われば変わるものよ、あのガキンチョがまあ……」

「そんなんじゃねー！」

「ほうか、ほうか。よき人の子じゃ、げに恐ろしい力じゃの。まさか生きながらえるとは思わなんだ」

もしかして、この声は魚のおじいさん？　ふわふわした微睡みの中で、よかったと微笑んだ。

「ジジイのガキのせいだろうが。引き継ぐんじゃなかったのか、半端なことを……」

「うむうむ、それについてはじゃ、まことすまんと言うほかないよの。ジジイは孫がかわいくなったのじゃて」

「………」

さらり。しばらくの間を置いて、ルーの大きな手が、手持ち無沙汰にオレの髪を梳いた。まるで膝の上の猫を撫でるように、節張った手がオレの髪を梳いている。

「……孫がかわいいのは結構だが。迷惑がかからねーようにしろ」

「ふぉふぉ、そうじゃの。このたびはあいすまなんだ。儂《わし》も、かわいい孫も救われたのじゃな。まこと、まことありがたきことよ……」

ふわりと、白檀《びゃくだん》のような香りが近づいた。おじいさんが、そっと手を伸ばしたのを感じる。

パシッ。

何かを払った軽い音と、どこか気まずい沈黙が広がった。

「……っ!?　ぶふぉ！　なんとなんと！」

「違う！　お、起きたらうるせーからだ！」

どこか慌てたようなルーに、なんだかおじいさんの前だとルーは子どもみたいだと思った。ルーもきっとこの人が嫌いじゃないのだろう。思い出したように時々撫でる手が心地よくて、オレは大きな安心に包まれて、再び深く眠った。

次に覚醒した時、あれほど重かった体が嘘のように軽かった。ふわっとほっぺにすり寄ったティアも、すっかり元気になったようだ。

柔らかに支えてくれる体が嬉しくて、オレは気付かれないようそうっと目を開けた。シャープな顎と、喉仏。形のよい鼻と、睫毛。見慣れない人型の姿も、確かにルーだと感じる。きりりと引き締まった男らしい顔は、リラックスして遠くを眺めていた。

ふいと上がった手がオレの髪に触れようとして、わずかに視線を下げたルーと、目が合ってしまった。伏せられた黒い睫毛に縁取られ、金の瞳が美しい。

「……起きたなら、どけ」

何事もなかったように、そーっと離れていく手を残念に思いながら、それこそ猫のようにルーの腹にすり寄った。硬くごつごつした体は、獣の時のように心地よくはないけれど、その温もりが堪らなく愛しい。

「ルー、とっても楽になったよ。ありがとう」

「フン。神獣をベッドに使うのはてめーぐらいだ」

そうかも、とふわっと笑うと、強い腕がオレを掴み上げて立たせた。

「おうおう、麗《うるわ》しき人の子、起きたかの」

地べたに正座していたおじいさんは、起きたオレに気付いて、くしゃっと微笑んだ。意外と身軽な動作でオレの側へやってくると、驚くオレに構わずスッと膝をつく。

「このたびは、あいすまなんだ。そして、我らを救っていただいたこと、心より、心より礼を言う。ありがとう……儂の無念も救われた」

「えっ？　う、ううん！　オレ、勝手にしちゃったの。助かってよかったね」

慌ててしゃがみこんだオレに、おじいさんは手を伸ばして頭を撫でた。優しい金色の瞳が、じわじわと染み込むような穏やかな気配を伝えてくる。

「ほんに、よき子じゃ。ぬしが犠牲にならんで、それが何よりじゃ。……おお怖」

後ろからピリッと執事さんみたいな気配を感じると同時に、おじいさんがオレを撫でる手を引っ込めた。振り返ってもルーはそっぽを向いて洞窟の奥に視線をやっている。

洞窟の奥の方が何やら少し騒がしい。首を傾げると、おじいさんがほっほと笑って言った。

「あやつらうるさいでの、よそへやったのじゃ。ちいとは懲《こ》りたかの？　ぬしがよければ助けてやってくれんかの？」

助ける？　よくよく見れば、洞窟の奥にはシールドが張ってあるようで、どうやらその奥にラピスやモモがいるようだ。

「あれ？　あの青い人は……？　えっ、もしかして？」

「うるせーから向こうへ放り込んだ」

えええ……。向こうから響く地響きに、オレはなんだかどっと疲れたのだった。

――ユータ！　もう元気なの？

『ゆーた！　ゆーた！　大丈夫？』

シールドをくぐり抜けると、そこは戦場だった。洞窟が崩れるんじゃないかという破壊の痕《こん》跡《せき》をバックに、まるでそぐわない笑顔で飛びついてきたみんな。

「ありがとう！　ゆっくり休んだから、もう大丈夫だよ。ねえ、ここで何してるの？」

どうやらおじいさんにしこたま怒られたらしい青い髪の人が、修業を兼ねてみんなの訓練相手に抜擢《ばってき》されたらしい。せっかく回復したのに、ズタボロだ。一番関係ないですって顔してるけど、これやったの大体ラピスでしょ。声もなく蹲った人に駆け寄ると、ぜえはあと荒い息の中、それでもキッとオレを睨みつけた。

「さわ、るな……」

「事情はもう聞いた？　オレ、君の敵じゃないよ」

少し気まずげに視線を逸らしたので、大丈夫と判断してその人を回復していく。さすがにラピスたちも訓練だから加減はしていたようだけど、あとで言っておかないとね。

「はい、いいよ」

ふう、と息を吐いた青髪の人が、ぺたりと尻をついて力を抜いた。オレも並んで腰を下ろすと、じっとその顔を見つめた。

「……悪かった、よ」

睫毛も青いんだな、とぼんやり眺めていたら、小さな声が聞こえた。叱られた子どもそのものの ふて腐れた顔に、確かに浮かぶ気まずさと後悔を読み取って、オレはにっこりと笑った。

「うん。おじいさん、助かってよかったね」

何度もズタボロにしちゃって、オレも謝らなきゃいけないかなあと苦笑する。

「それだけか⁉　怒れよ、死んでいたかもしれないんだぞ！」

「えええー」

胸ぐらを掴む勢いで迫られ困惑する。もう全部終わったし、オレ、今さら怒れないよ。

『そうだそうだ！　いっぺん地獄へ落ちろー！』

――そうなの！　ユータを攻撃したの！　１００回地獄へ落ちろなの！

「こら！　チュー助！　ラピスに悪い言葉教えちゃだめ！」

野次を飛ばすチュー助をたしなめ、ラピスを呼んでそっと撫でた。

「ねえラピス。ラピスが一番分かるんじゃない？　もしおじいさんがオレだったら、ラピスもこの人みたいになってるような気がするよ？　どうかな、ちょっと考えてみて？」

――おじいさんが、ユータだったら。ラピス……。

ラピスは、じっと考え込んだ。オレ、似ていると思うよ、ラピスとこの人。

と、ふよっと飛んだラピスが、青髪の人を覗き込んだ。その人は思わず体を強ばらせる。

――ラピス、分かったの。……1人でよくやったの。ひとりぼっちで不安だったの。大事な人がいなくなるかもって思ったの。ラピスは、分かるの。ユータを攻撃したことは忘れないけど、ユータが許すなら――ラピスも許すの。

ガバッと顔を上げた青髪の人は、零れそうに目を見開いてラピスを見つめた。

――ラピスは分かったの。分からない？　おじいさんはユータなの。ユータは、おじいさんなの。

言葉足らずなラピスの台詞に、ぐっと引き結んだ唇が震え、稲穂色の瞳がみるみる潤んだ。

「そうか、お前は……。――悪かった。ごめん、ありがとう……」

2人とも、すごい。それは、なかなか難しいことなのに。2人は、何かつかえたものが取れたような表情で、瞳を合わせた。

「――大丈夫だ！」

まだ少し腫《は》れぼったい目で、青髪の人はオレの手を振り払った。うん、穢れのせいで乱暴な人になっていたのかと思ったけど、元々の性格もありそうだ。

――ユータが心配してるの！

「……分かったよ。悪かったたって」

なんだか距離が近くなった2人に、思わず笑みが零れる。

「あっちへ戻ろうか。ね、行こう」

もう一度手を差し出せば、その人はムッとした顔で立ち上がり、逆に手を差し出した。

「なんでお前が先導するんだ。私の方が年上だ」

意地っ張りな子どもの態度に吹き出しそうになって、慌てて取り繕《つくろ》って笑った。

「うん、じゃあ連れていって！　あのね、オレはユータって言うんだよ」

「知っている」

ぷいとそっぽを向く顔をじいっと見つめると、青髪の人は観念したように口を開いた。

「……マーガレット」

「え……？　ええっ!?」

オレのあまりの驚きように、マーガレットさんが不審げな顔をした。えーっと、どう考えてもその名前って……。

『はあー？　女の子ぉ⁉　主の方がよっぽど女の子に見えるぅー！』

チュー助が余計なことを言ってギロリと睨まれた。

「お、おぅ？　ぬし、どんな魔法を使ったのじゃ？　あのきかん坊がなんと大人しいものよ」

手を繋いで現れたオレたちに、おじいさんが目を見張った。

「わ、私だって反省するんだよ！」

「ほうか、それは初耳じゃ」

ほっほと笑うおじいさんは、とても楽しげだ。憎まれ口を叩いて、フン、と視線を下げたマーガレットさん。オレはその顔が見えないように、そっと微笑んでよそを向いた。意地っ張りもほどほどにね。嬉しいって、辛かったって、言えるようになるといいね。

『ふーん。つまり、神獣になれば、遅かれ早かれあの呪い、じゃなかった、穢れに侵されていくのね？　それで引き継がせたくなかったってわけ？』

長い話にすっかり飽きて、じゃれ合うシロとチュー助を横目に、モモは難しい顔でふむふむと頷いた。おじいさんは、本当にあのまま息を引き取るつもりだったんだね。次代の神獣候補であったマーガレットさんに、引き継がないままに……。

「ほうじゃの、もう少し、せめてもう少し、見守ってやれると思うとったのじゃが……。甘かったの。すまなんだなぁ、ろくすっぽ説明せんままに……儂も認めとうなかったのじゃ、ぬしをこのまま置いていく覚悟ができなんだ。ほっほ、神獣なんて言うても、自分の死期すら分からんのじゃ、まさに神のみぞ……いや違うの、神も知り得るものではなかったの」

おじいさんは、どこか辛そうな顔で目を細めた。

「穢れがなんだ！　とっくに覚悟はできている。まとめて引き受けてやる！」

「やれやれ、頼もしいのぅ。じゃがな、引き継ぐのは力だけではないのじゃ、記憶を継げば、元のおぬしではのうなっとる。儂はその眩い光を曇らせとうない」

おじいさんがそっと青い髪を撫でると、マーガレットさんがくしゃりと顔を歪めた。

「もっとも、ぬしはもうちいとばかし、大人しゅう輝いてもよいと思うがの」

泣きそうな顔をしたマーガレットさんが、今度は憤慨《ふんがい》して顔を赤くする。ころころ変わる表情に、おじいさんは朗《ほが》らかに笑った。

深い思いを胸の奥に沈めて、その表情は地底湖のように、波ひとつ見えなかった。

「やれ、性急なことよの、もう帰るのか。まだ礼もしとらんで」

「時間を持て余してるジジイとは違うからな」

「何を言う。ぬしはごろごろしとるだけじゃろて」

確かに！　と笑えば、鋭い金の瞳がじろりとオレを睨んだ。その横では、妙に馬が合うようになったらしいラピスとマーガレットさんが別れを惜しんでいた。

——まーがれっとはちゃんと話をして、話を聞かないといけないの。ルーみたいになるの。

「どういう意味だ！　お前こそろくに話もせず攻撃してたろうが」

——ラピスはちゃんとユータとはお話しできるからいいの！　まーがれっとはおじいさんともできていないの。

どうにもケンカ腰に聞こえるけれど、本人たちはいたって普通に会話しているつもりらしい。ラピスが諭すだなんて、珍しいこともあるもんだ。調子に乗ったラピスが、偉そうに言った。

——仕方ないの。だめな時はラピスを頼ってもいいの。胸をかしてやるの。

「ふっ、ははは！　そんな小さな胸が借りられるものか！」

笑った……。初めて見た華やかな笑顔は、地の底を照らす、お日様の光みたいだと思った。

「ではの。あれも喜ぶで、また来ておくれ。——ほうじゃ、ぬしよ」

早々と背を向けたルーを追いかけようとしたところで、おじいさんが何気なく耳打ちした。

「儂の名前は、サイサイア・ジナ・ライジール……と言う」

「あっ⁉　てめっ……‼」

ほわっと胸の内が温かくなった。あれ、これってもしかして神獣の真名じゃ？

「ほっほっほ！　油断大敵じゃ！　儂のことはサイア爺と……ぐえっ」

視線をやれば、おじいさんはルーに締め上げられながら、してやったりと親指を上げた。

「もう、どうしてルーが怒るの？」

「独占欲が強いヤ……ぐぇぇ」

おじいさんは締められているというのに、どこか楽しそうに笑っていた。


「あ、待って」

ルーに引っ掴まれて地底湖まで戻ったところで、ストップをかけた。振り返って眺めた湖は、神様の寝所《しんじょ》のような、息を潜めたくなるような畏怖だけがある。

「あの怖さは、穢れのせいだったんだね」

「変質した魔物は変わらん。人にとって、ここが危険であることになんら変わりはない」

魔物が変質するなら、ヒトも？　オレはゾッとして唇を引き結んだ。間に合ってよかった。

おじいさんも、マーガレットさんも。オレは湖に向かって手を振り、今度こそ背を向けた。

「うわあ……まぶしいね」

ダンジョンの外はすっかり明るくなっていた。オレ、ルーに抱えられて結構な時間寝ていたみたいだ。学校、今から間に合うだろうか。ええと、午前の授業は……。

『色々あったんだから、もう諦めてゆっくりしたらどう？』

なんて魅力的な提案。後ろめたさはあるけれど、確かに今から授業っていう気にはなれない。

いつもの森へと転移した途端に獣の姿に戻ったルーは、日当たりのいいふかふかの苔の上へごろりと横になった。艶やかな毛並みに堪らなくなってぽふっと飛び込めば、全身を覆う極上の肌触り。

『どけ、俺は寝る』

ぽふぽふと顔を攻撃するしっぽを避けようと、うつ伏せて片頬を毛皮に埋めた。

「うん。おやすみ、オレも寝る」

この野郎、と言われたような気もするけど、ルーはきっとオレを振り落としたりしない。心地よい微睡みに沈んでいく中、抱きしめる腕に力を込めた。

「ルー……来てくれて、ありがと……」

これだけは、と口にしたはずだったけど、ちゃんと声に出ていたろうか。

体に響く、鼓動と呼吸の音。ルーは、生きている。オレは知らず微笑んで、眠りについた。

7章　ロクサレン家の海水浴

「ねえ、カロルス様！　お仕事終わったらお出かけできる？」

オレはぐいっと仰のいて、無精髭の顎を眺めた。せっかくお休みの日にロクサレン家にやってきたのに、カロルス様は昨日から机を離れられない様子だ。それもこれも、サボっていたツケが溜まってのことだけれど。

「旅行のことか？　まだもうちょい先になりそうだな。お前の連休だってまだ先だろう？」

書類に目を落としたまま、のしっとオレの頭に顎が乗せられる。

「ううん、旅行は先だけど、近くでピクニックとか。色々できるでしょう？」

チクチクしたお髭が頭に刺さって痛い。両手で押し上げようとすると、むしろ圧力が増してぐりぐりと落ちてきた。

「もう～痛いよ！」

きゃっきゃと笑ってお膝から滑り降りると、カロルス様も立ち上がった。あ、しまった。オレ、カロルス様のお膝で重しをしてなきゃいけないんだった。

だけど時既に遅し、自由の身になったカロルス様が、うーんと体を伸ばした。大きいなあ。

館の天井は高いけれど、頑張ったら手が届くんじゃないだろうか。

「開いてるぞ」

見上げていると、下りてきた手がオレの顎をくいっと上げた。かこんと鳴った顎に、自分の口が開いていたことを知る。なんとなくむっとして手を振り払うと、大きな口で笑われた。

「そうだな、それもいいかもしれんな。俺もここで缶詰にならずに――」

――危機察知！　オレたちは、瞬時に行動した。阿吽《あうん》の呼吸、電光石火とはこのことだ。

「――終わりましたか？」

スッと気配もなく入ってきたのは、言わずと知れた執事さん。その時既にカロルス様はデスク、オレはその膝の上。ポジション取りは完璧だ。

「お、おう。もうすぐ、もうすぐだ！」

落ち着き払った風を装っているけれど、背中からは早鐘が伝わってきた。オレも冷や汗を垂らしつつ、にっこり笑う。ため息を吐いた執事さんが、呆れた視線を寄越した。

「……どうしていらぬ能力ばかり磨かれて、処理能力が上がらないのでしょう……」

バレてる。カロルス様が書類を逆さまに持つから！

「そ、そうだ、ユータが出かけたいとぐずってな！　せっかく天気もいいことだし、その辺りまで出ようと思う。ほら、ユータが言うんだから仕方ないだろう？」

確かに言ったのはオレだけど！　なんかその言いぐさは引っかかる！　だけど、お出かけはしたいので頬を膨らませるだけに留めておいた。

「ではユータ様、カロルス様はこの通り、お仕事がありますからね。私共とお出かけしましょうか？　いいお天気ですから水遊びもいいかもしれませんね」

「本当!?　やった～！」

「えっ……」

反射的にバンザイすると、カロルス様が捨てられた子犬のような目をした。

「……と思ったけど、ええと、やっぱりカロルス様も一緒の方がいいかな～なんて？」

必死に頷くカロルス様を横目に、執事さんがもう一度ため息を吐いた。


「ねえジフ、今日は海へ行くんだよ！　だからジフも一緒に行こう？」

「何が『だから』なんだよ……行ってこい。じゃあ昼飯は弁当か？　お前、手伝え」

「ううん、ついてきて！　オレ、お魚とか獲っても、食べられるかどうか分からないもん」

執事さんはプライベートビーチみたいな場所があるって言ってたから、獲れたての海鮮をその場で焼いて――ってやりたいよね！

「お前……知りもせずに食おうとするなよ。だから海蜘蛛《うみぐも》なんて食おうとしたのか……」

も、もちろん知ってから食べるよ！　そのためのジフだし。だってカニは食べられるって知ってたから！　なんだかんだ言いつつジフの確保には成功。よし、エリーシャ様とマリーさんは即答でOKだったし、セデス兄さんも行くってオレが決めた。あとはカロルス様のお仕事が終われば出発だ。

「カロルス様、終わった～？」

あれ？　さっきからそんなに時間が経っていないはずなのに、随分やつれてない？　カロルス様は徹夜明けみたいな顔でちらりと傍らの人物を眺めた。

「ええ、ユータ様もうすぐですよ。そちらで応援していただけますか？」

執事さんがにっこり笑った。カロルス様も一緒に、と言ったので執事さんが仕事を手伝ってくれている。喜ばしいことだと思うのだけど、カロルス様の消耗《しょうもう》は激しそうだ。

「うん！　カロルス様、早く！　時間なくなっちゃう。頑張れ～！」

素直に応援すると、恨みがましい視線を向けられた。

「いや、そのな。ユータが遊びに行けるのが一番だからな、俺を置いていっていいんだぞ」

その瞳は雄弁に『こんなはずじゃなかった』と語っている。『俺に構わず先に行け』とも。

でも……だけど。

オレは駆け寄って、硬い腹にきゅっと腕を回した。顔を埋めて力任せにしがみつきながら、もごもごと訴える。

「……やだ。だってオレ、カロルス様と一緒に行きたい」

ワガママを言っている自覚はある、あるけれど……だって、だってここは譲れない。

「……一緒に行こ」

行かなきゃイヤだ。腹にくっついたまま、そっとへの字口で見上げた。

「ぐっ――くっそおぉー!!」

カロルス様は突如がばっと机に伏せ、猛然と仕事を片付け始めた。呆気にとられるオレに、執事さんがとびきりの笑顔で親指を立ててみせた。


「はい、これで終わりですね。やればできるではないですか」

爽やかな笑みを浮かべた執事さんとは裏腹に、カロルス様は全力を使い果たしてぐったりしていた。燃え尽きてる……真っ白になっちゃってるよ!?

「では、行ってらっしゃいませ。用意は済んでおります」

「えっ？」

喜び勇んで部屋を出ようとしたところで、慌てて振り返った。

「執事さんも行くでしょう？」

「いえ、私は結構ですよ。どうぞカロルス様たちと――」

え、行かないの？　みるみるオレの眉尻は下がり、知らずきゅっと両の拳が握られた。だって、行くとばっかり……みんなで行けると思ったのに。唇を結んでじっと見上げるオレに、執事さんは視線を彷徨《さまよ》わせた。

「私は留守番で結構――分かりました、その……ユータ様、私も参りますから……」

苦笑した執事さんがそうっとオレを撫でたので、オレもホッと安堵して微笑んだ。

「いつもの海岸じゃないの？」

硬い腕に抱えられて、久々に馬に乗った。ふわふわした毛並みがないのが残念だけれど、馬の背中って安定している。触れると、しっとりと熱い体の躍動感が伝わった。たてがみはサラサラして見えるのに、触れると随分硬くて、ごわごわしている。身を乗り出して馬を撫でていると、カロルス様が答えた。

「そんなこと言ってお前、いつもの海岸じゃ怒るだろう」

それはまあ、確かに。冒険者としてあちこち行けるようになったもの。せっかくお出かけというのに、庭先みたいな村の海岸では物足りない。

「でも、海なんでしょう？」

「ああ、そんなに遠くはないぞ。北の方は人がいないからな、お前がやらかしても問題ない」

どうして海で遊ぶだけなのに、何かやらかすと思うの！　大いに不満だけれど、人がいないならシロたちやラピス部隊も一緒に遊べるかもしれない。

――ラピスも一緒に遊ぶの！　ちゃんと人がいないようにするの！

ううん、ラピス……いないようにするんじゃなくて、人がいなかったらにしようね。物騒《ぶっそう》なことをやらかしそうで、やっぱりその場所を選んで正解だと思った。

「――ほら、ここだ」

ロクサレン北部の道もない平野を行くことしばらく、目の前に海岸が現れた。うわあ、本当にプライベートビーチだ！　ぽっかりと見事に扇状の湾になったそこは、周囲を岩場で囲まれ、まるで巨大なタイドプールみたいだ。ちゃんと波が来るところを見るに、奥の方はわずかに海と繋がっているのだろう。馬から降ろしてもらうと、わあっと駆け寄った。

「すごい！　こんなところがあったの!?　これなら怖い魔物の心配もいらないね！」

「そうだろう！　いい場所だろう！」

妙に嬉しそうなカロルス様が、わしわしと頭を撫でた。だけど、周囲の視線が生温いのは気のせいだろうか。

「よかったわね～若気の至りを喜んでもらえて」

エリーシャ様の意味ありげな微笑みに、ギクリと大きな肩が震えた。若気の至り……？　首を傾げて見上げると、カロルス様はそわそわと視線を逸らした。

「ユータ、こっちにおいで！　ええと、ここかな？　ここに立つとよく分かるね。変な地形だと思わない？」

セデス兄さんに手を引かれ、ちょっと下がって湾を眺めた。確かに、不自然な地形だ。まるでここからラピスがどかんと魔法をぶっ放したよう……な？

じっとりした視線を向けると、カロルス様が早口でまくし立てた。

「い、いいじゃねえか、ここなら誰もいねえんだから！　たまには思い切り剣を振りたい時もあるだろう!?　ほら見ろ、こうして役に立ってるじゃねえか」

カロルス様の方がオレよりずーっとやらかしてるじゃない。オレ、こんなに地形が変わるようなことしてな――。……まあ、そういう時もあるよね。オレの脳裏に森林ラフティングと魔王城がよぎって言葉を飲み込んだ。

「小さな魔物はいるかもしれませんので、少々お待ち下さいね」

にっこり笑ったマリーさんが、波打ち際へと進み出た。何かを察したセデス兄さんが急いでオレを抱えてその場を離れる。途端、ぞわっと悪寒が走って思わずその体にしがみついた。

「強烈だよねぇ。ここにいるといいよ」

セデス兄さんが、オレの脇を抱えてカロルス様の腕へ渡した。

「どうした？　ああ、殺気に当てられたのか」

平然としたカロルス様のゆったりした鼓動、変わらない呼吸。内から溢れる充実した気配に、強ばった体から力が抜ける。

「ほら、もう終わるぞ。顔を上げてやれ」

心地よい気配に身を委ねて顔を埋めていると、カロルス様がオレを揺すって苦笑した。慌てて顔を上げるのと、マリーさんが振り返ったのはほぼ同時。

「ユータ様ぁ～！　これで安心です！　存分に遊んで下さいね！」

嬉しげに手を振るマリーさんに、ほっと微笑んで手を振った。よかった、蹲ってるところを見られないで。

「ありがとう！　マリーさん、すごいね！」

強い腕から滑り降りて華奢な体を抱きしめる。こんな小さな体から、あんな魔王様みたいな殺気が出るなんて不思議だ。きっと、たくさん頑張ったんだね。やっぱりマリーさんはカッコイイよ。ぎゅっと力を入れると、マリーさんはとろけるように笑った。

「みんなー！　出てきていいよ！　遊ぼう！」

誰もいない海！　しかも魔物もいない！　無防備に水着で泳げる海なんて！

『俺様いちば……あっ』『やったぁー！』

『何も気にせず寛げるなんていいわね！』『モモはいつも寛いでる』

わっとオレから飛び出してきた面々で、狭い浜辺が一気に賑やかになった気がする。砂浜に埋まったチュー助を拾い上げつつ、うんと伸びをした。まずは準備運動だよ！

「ユータちゃん、ちゃんと気を付けるのよ？」

「わあ！　エリーシャ様、素敵だね！」

はぁい、と振り返って目を丸くした。なんと、エリーシャ様も水着姿だ！　正確には水中活動用衣装なのだろう。普段はしっかり着込んだ貴族衣装なので、露出が多めの衣装はものすごく新鮮だ。真っ白な肌に日差しが反射して眩しいくらい。

「まあ！　本当？　ありがとう！　セデスちゃんったら照れちゃって最近『母上、世界一かわいい！』とか言ってくれなくなっちゃったのよ〜〜」

「い、言ってない！　僕そんなこと言った覚えないから!!」

セデス兄さんが真っ赤になって首を振った。ふふふ、セデス兄さんにもそんなかわいい時があったんだね……。

「ユータ様、マリーは？　マリーはいかがです？」

マリーさんがバッと早着替えみたいに衣服を取り去った。水着よりも早着替えの方がすごいと思わなくもない。だけど、ガラリと印象が変わる水着はやっぱり素敵だ。

「うわあ、マリーさんも水着なの？　とっても素敵！」

素直に褒めると、マリーさんはきらきらと瞳を輝かせた。普段はメイド服で一分の隙もなく覆われているので、水着だと随分と小さくなったように見える。華奢な肢体が際立って、これで魔王様だなんて詐欺《さぎ》だと思った。

「……マリー、はしたないですよ」

執事さんが頭の痛そうな顔でたしなめた。本来はちゃんとテントで脱がなきゃいけないそう。だけど、オレはすぱーんと外で脱いだよ。ほら、カロルス様だって。

「どこで脱いでも一緒だろうよ、どうせ誰もいねえし」

「ユータ様がいらっしゃるでしょう！　ちゃんとお手本になって下さい」

貴族は色々と厳しいらしい。オレは冒険者だからいいや。

「執事さんは？　水着じゃないの？」

「万が一のために、着てはいますよ」

本当？　じっと見つめるオレに根負けして、苦笑した執事さんはちらりと前を開けて見せてくれた。よし、ちゃんと着てるね！　だって海なのに水着じゃないなんて、お祭りに参加してない気分でしょう。水に入らなくてもいいの、水着を着ることに意味があるの！

「ほらユータ、僕はどう？　素敵だよね？」

セデス兄さんは着替えてきた姿で得意げにくるりと回ってみせた。

「ふつう」

つい素直に答えてしまって、王子様はくずおれた。だって、セデス兄さんやカロルス様は、よく一緒にお風呂に入るじゃない。水着どころかすっぽんぽんを見ているもの、全然珍しくない。それに比べるとジフの筋骨隆々とした水着姿は物珍しかったけれど。あれはコックさんじゃない、海賊だ。

『ゆーた、海楽しいよ！　行こ！』

ぐいっと水着を引っ張られて、ひっくり返りそうになった。シロは楽しさのあまり力加減が雑になっている。ぐいぐい引っ張られ、お尻が見えそうだ。

「分かったから！　引っ張っちゃダメだよ！」

『主も乗って！　イカリを下ろせー！　出発だー！』

いつの間にかシロの頭に乗っていたチュー助が、しっぽを振り回して威勢よく言った。出発するならイカリは上げた方がいいと思うけど。

既にびしょ濡れのシロに跨ると、一気に駆け出してダバダバと海へ飛び込んだ。視界を埋めた水しぶきがきらきらと散って、心地いい水音が響く。上下していたシロの体はあっという間に安定し、滑らかに水面を進み始めた。ゆらゆらと足に触れる毛並みがくすぐったい。

『お水、冷たくて気持ちいいよ！　チュー助も泳いだらいいのに』

『お、俺様泳がない！　シロ、落とすなよ、絶対落とすなよ!?』

『分かった！』

それはかの有名な『やれ！』って合図だろうか？　果たして、シロが気持ちよさげにぶるるっと首を振った瞬間、ぽーんとチュー助が宙を舞った。

『あ』

しまった、と首をすくめたシロが、てへっとオレを振り返った。シロ、それより先にチュー助を助けなきゃ。その間にぽしゃん、と軽い水音が響いた。

『げへごほ！　モモ、シロを怒って！　俺様落とされた！』

『海に入りたくないならシロに乗ってこないことねぇ～。図体ばっかりのチビわんこに無理言っちゃいけないわ～』

のんびりと漂う桃色クラゲにしがみつき、チュー助がぷりぷり怒っている。

『ほら、蘇芳を見なさい、飛べるくせに来ないんだから』

濡れるのを嫌う蘇芳は、浜辺で執事さんの後頭部にしがみついていた。

「あの、蘇芳さん？　どうして私の上に……？　少々困るのですが……」

『ここが、安全』

　確かに執事さんのところは安全だけど、それならカロルス様でも――あ、なるほど。どうやら、隙あらばと窺っているエリーシャ様とマリーさんを警戒しているらしい。それなら執事さんが一番安全だ。執事さん、暑いだろうけどお守りをお願い。

　水面をすい走るシロ船は楽しかったけれど、海の上はじりじりとまともにお日様が当たって、足を浸けるだけでは物足りなくなってきた。

「冷たい！　気持ちいい～」

　シロの上からするりと海へ体を滑り込ませると、ひやりとした水にきゅっとなった。ややわとした浮遊感を頼りにシロから手を離すと、ぱしゃんと水音を立てて水中へ全身を沈める。

かぽぽ……こぽ、こぽぽ……きらきらと上がっていく泡を見つめ、胎児《たいじ》のように体を丸くして水面を見つめた。ああ、きれいだな。水中を通して見る空は、神様の国の入り口みたいだ。このまま、ずっと沈んでいられる気がしてくる。目を閉じると、それこそ胎児の記憶のように、柔らかな水中に意識が拡散していく。転移の時みたいに、ふわっと心地よく世界に馴染む感覚。だんだんと苦しくなってくる呼吸が残念で、そっと目を開けた。と、水中に轟《とどろ》くような音と共に、周囲が真っ白になるほどの泡がオレを包んだ。

「っはあ、大丈夫、だよな？」

びっくりして目を瞬かせるオレを水面へ掲げるのは、濡れた髪を貼りつかせたカロルス様。とびきり急いで来たのだろう、荒げた息に厚い胸が上下している。水も滴るいい男って、こういうのだな。なんてどうでもいいことを考えていると、むにっと頬を摘まれた。

「お前なあ、心臓に悪いわ！　沖へ行くな、俺の近くにいろ！」

そっか、幼児が沖合で沈んだら、そりゃあ心配される。だけど、シロもモモも近くにいるのに。万が一そんなことになったら、ラピスが辺り一面蒸発させちゃうんじゃないだろうか。もちろんオレも一緒に蒸発するけど。

「ふふっ、オレ、大丈夫だよ？　お水の中が好きなんだ。気持ちいいでしょう」

「そうか。だけどそれならもっと浅瀬でやってくれ」

促されるまま、おぶさるようにしがみつくと、カロルス様はぐいっと水を掻いて泳ぎ出した。ひと掻き、ひと蹴りするたびにぐん、ぐん、と進んで体が後ろへ引っ張られる。濡れた体はするすると滑って、振り落とされないようぎゅうっと太い首筋を捕まえた。冷たい水中で、大きな背中はとても温かかった。

「ユータはあんな沖まで行って、怖くないの？　泳ぐの慣れているんだね」

「うん、オレよく泳いでいたから」

それに、この背丈だと、沖合だろうが浅瀬だろうが足がつかないことに変わりはない。一方のセデス兄さんは、のほほんと波打ち際で足を伸ばして浸かっている。まるで砂風呂を楽しむティアみたい。泳ぐ方が楽しいと思ったけれど、寄せては返す波がちゃぷちゃぷと体を濡らし、心地よさそうだ。オレも倣《なら》って隣へ腰掛け、足を伸ばしてみた。

「わ、わ、わわ……」

ざーんと寄せる波にひっくり返され、さーっと引く波に攫われる。ばちゃばちゃと慌てるオレの体を支え、セデス兄さんが爆笑した。と、嬉しげな声と共に突如視界が陰った。

——ユータ、大量なの！　いっぱい食べるの！

見上げると、ラピス部隊と共に、蠢く巨大な物体が空中に浮かんでいた。

「う、うわっ、ラピス、それ何!?」

——カニだと思うの！

『だと思う』ものを持って帰ってこないで!?　ボートほどの大きさのそれは、黒々としたトゲが無数に生えた邪悪なフォルム、長く巻き上がった尾は先端が鋭く尖って……それカニと違わない!?　確かにハサミはあるけど、どっちかというとサソリじゃない!?

「お、おお!?　アビススコーピオじゃねえか！　どこで見つけたんだ！」

せっせと昼食場所を整えていたジフが大声を上げた。もしかして、食べられるの？

「あれは美味いぞ、滅多にお目にかかれるもんじゃねえ！　こっちへ寄越せ！　いや、まずは締めねえと。マ……グレイさん、上から2番目の右足の付け根だ！　焼かねえでくれよ、一発で仕留めてくれ」

マリーさんは避けたらしい。そうだね、木っ端微塵になったら困るもんね。オレも食べる機会があればタクトでなくラキに頼もう。

「――アイシクルランス」

執事さんが普段使う無数のアイスアローとは違う、1本の氷の槍。それは見事言われた部分を貫いて空へ消えた。蠢いていたサソリはゆっくりと脚を曲げて動かなくなる。

――ユータ、こっちはどうするの？

まだそんなに！　そこに蠢くは、多分魚介類だと思われる様々な獲物たち。

「おいおい、食えるもんだけにしてくれ！　マリーさん、あれと、それと――」

「承知しました！」

選考から外れたものが、はるか湾の外まで蹴り飛ばされていった。あ、ちゃんとカニも残っている。あと、エビっぽいのや大きな魚。うん、サソリ以外はちゃんと食欲をそそる海産物だ。お昼は豪華な海鮮バーベキューに決まりだね！

『ねえゆーた、この石も食べられる？　スオーがいっぱい掘ってるの』

石は食べられないでしょう……そう思いつつ振り返ると、シロがぽとりと落としたのは二枚貝だ。ハマグリみたい！　ジフにお墨付きをいただいて、急いで蘇芳の元へと駆けた。

「わあ、蘇芳よく見つけたね！」

『掘ったら、出てくる』

これも幸運のなせる技なんだろうか。貝掘り職人は浜に座り込み、せっせとそこらを掘り返しては貝を見つけていた。オレも、としゃがみ込むと、隣に掘り返す手が加わった。

「楽しそうね、こうして掘ると貝が見つかるのかしら？」

「うん！　砂利と混じってるから慎重に探すんだよ！」

傍らのエリーシャ様を見上げ、にっこり笑った。なかなか蘇芳ほど簡単に見つけられないけど、割と大きな貝が出てくるのが楽しくて、つい夢中になってしまう。

「まあ、ユータちゃん、ついに私も見つけたわ！」

「ほんと？　よかっ……」

苦戦していたエリーシャ様の声に振り返って言葉を失った。白魚のような手がギチリと掴んでいるのは、ギリギリと鋭い牙で歯噛みする何か。緑の粘液が滴り、甲殻からうねり出た無数の触手が、なんとか万力のような手を振りほどこうともがいている。

「うわあぁー何それ!?　怖いよ、エリーシャ様、ぽいして！」

「あら、食べられない貝かしら」

少なくともそれは貝じゃない。はるか彼方にスルーアウェイされた物体に、ホッと胸を撫で下ろす。オレは今日、食べられたとしても食べたくない生き物もいると知った。

「おい！　何やってる、お前も手伝え!!」

汗みずくになったジフが、でっかい刃物を振り回して喚《わめ》いた。海鮮バーベキューだもの、素材を焼くだけだと思ったんだけど。でもひとまず巨大な焼き台は必要かもしれない。残念ながらオレの技術で金網を作るのは難しいので、鉄板焼きだ。あとはラピス部隊も手伝って豪快に海鮮を洗って、下準備をしていく。禍々しいサソリも、尾先を落としてスパンと縦に割れば、あら不思議、ロブスターか伊勢エビに見えてくる。ちなみに割ったのはセデス兄さんの剣だ。


『美味しいね！　お肉じゃないけど美味しいね！』

ほふほふと前肢を上げながら頬ばったシロが、ぶんぶんとしっぽを振っている。浜辺にはこんがりと焼ける磯の香りが満ちていた。

「おお、うまいじゃねえか！　カニに似ているな」

カロルス様が口いっぱいにサソリを詰め込んで唸った。焼いてしまえば、もうサソリじゃない。真っ白でぷるりとした身は、赤くなった殻の中でふつふつと音を立てている。炙られてじわじわと漏れ出した味噌は勝手知ったるように溢れて殻の中を満たし、濃厚なソースとなって白い身を彩っていた。これ、絶対に美味しい。こくっと喉を鳴らすと、遠慮なく一番大きな口で頬ばった。口の中で弾けるような弾力、喉の奥までじんとするような強い味噌のうま味。そして海鮮ならではのこっくりした甘み。ああ、うまい。これを、口いっぱいに頬ばれる幸せ。

「くーーっ！　うまい！」

カロルス様が冷えたお酒を呷《あお》って満面の笑みを浮かべた。ジフと執事さんもちびちびやっている。いいな、きっとお酒によく合うんだろうな。羨ましく眺めていると、頬をつつかれた。

『主、こっち！　俺様の掘った貝もあるんだぜ！』

どうやらみんなで掘ったハマグリモドキを焼いているらしい。ちょっと待って、お醤油お醤油！　熱せられた貝からはじわじわと泡を吹くように海水が溢れ出し、ふかふかと口が緩み始めた。動き始めた貝に、みんなが興味津々に顔を寄せている。と、ぱかんと音を立てそうな勢いで貝が口を開いて転がった。まじまじと見つめていたシロがはるか彼方まで飛びすさり、蘇芳の大きな耳がピンッと立った。目の前に浮かんでいたラピスのしっぽも綿毛のように膨らみ、チュー助に至ってはオレの服の中に潜り込んでしまった。微動だにしないのはモモとティアくらいだ。

「大丈夫、これが焼けたよって合図だよ」

くつくつとエキスの中で揺れる貝に、たらりと慎重にお醤油を垂らす。溢れ出したお醤油が、じうっと音を立てて香った。

「これがさっきの貝ね！　美味しそうだわ。焼くだけなら私にもできるわね」

にっこりと覗き込んだエリーシャ様に胡乱げな瞳を向ける。素材を探す時点でダメだったから、もう食べ物に触ること自体ダメだと思う。

「うわ、美味しい！　お醤油しか使ってないのに、こんなに美味しいんだ！」

ちゃっかり先に食べたセデス兄さんが、驚きの声を上げた。本当、海鮮ってこうして新鮮なものをシンプルに焼いて食べる、それが一番美味しいかもしれない。

まだふつふつしている貝をふうふう慎重に冷ますと、貝殻ごと持ち上げてぱくりとやった。垂らしたお醤油、貝のエキスと海水、そして貝。全部がいっぺんに口の中に溢れて、海の味で満たされる。鼻へ抜けるのは、心地いい磯の香り。海の力が体に染み渡る気がした。

「――ふう、お肉は好きだけど、海の幸も好きだなぁ」

物珍しい海の幸をあれもこれもとついばむうちに、小さなお腹がぽっこりと丸く膨らんできた。水着のせいで、ぽんぽこになったのが丸見えだ。日陰の冷たい砂にぺたりと座ってシロにもたれていると、波の音がオレを眠りへと誘う。お日様に炙られた肌がじんとほてって、はしゃいだ体がずんずんと重くなってくる。

『ねえゆーた、ぼく海のお散歩行ってくる！』

遊び足りなかったらしいシロがうずうずと立ち上がり、ベッドがいなくなってしまった。

「ユータ」

落ちそうなまぶたで見回すと、大きな手が来い来いと手招きしていた。

「腹が冷える、そこにいろ。お前の居場所も分かって一石二鳥だ」

ほてほてとやってきたオレをひょいと腹に乗せて、寝転がったカロルス様が勝手なことを言う。だけど、ベッドを探してたオレには好都合だ。遠慮なくべったり伏せると、ほっぺにざらりと砂の感触がした。小さな手でぽんぽんと払うと、眠そうな瞳と目が合った。

「ん？」

片手をオレの背中へ、もう一方を頭の後ろで枕にしたカロルス様は、じっと見つめるオレに微かに首を傾げた。ふと、オレはエリーシャ様の言葉を思い出した。

「……カロルス様、世界一カッコイイ」

えへっと笑うと、カッコイイ顔が崩れて激しくむせた。

大きくなったら、オレもそんなこと言ってないって怒るんだろうか。今のこの思いを、覚えていないんだろうか。

……そんなこと、ないよね。オレは真っ赤になっていたセデス兄さんを思い起こして、くすりと笑った。満たされて瞳を閉じると、さらさらになった肌にほっぺをつける。

「目ぇ覚めちまったじゃねえか……」

恨めしげなカロルス様の声と、背中を撫でる大きな手を感じながら、ほんのりと笑う。くっついた肌からは、海の香りがした。

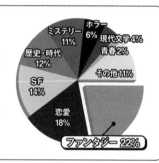

2021年10月、
最新9巻
発売予定！
もふもふを
知らなかったら
人生の半分は無駄
にしていた
1～8
著／ひつじのはね
イラスト／戸部淑
冒険あり、癒しあり、笑いあり、涙あり
もふもふたちに囲まれた
異世界スローライフ！
魂の修復のために異世界に転生したユータ。
異世界で再スタートすると、ユータの素直で可愛らしい様子に
周りの大人たちはメロメロ。
おまけに妖精たちがやってきて、魔法を教えてもらえることに。
いろんなチートを身につけて、
目指せ最強への道？？
いえいえ、目指すはもふもふたちと過ごす、
穏やかで厳しい田舎ライフです！
転生少年ともふもふが織りなす
異世界ファンタジー、開幕！
第7回
ネット小説大賞
受賞作！
KADOKAWA
「ComicWalker」で
コミカライズ
好評連載中！
定価1,320円（本体1,200円＋税10%）
ISBN978-4-8156-0334-2
ツギクルブックス
https://books.tugikuru.jp/

「もう……働きたくないんです」

僕はぜーったい働きません。

今更、待遇を変えるからとお願いされてもお断りです。

冒険者なんか辞めてやる。

著 縛炎《ばくえん》
イラスト 兎塚エイジ
「ガンガンONLINE」（スクウェア・エニックス）にてコミカライズ好評連載中！

漫画：村上メイシ
昼過ぎに起きても大丈夫。ワイバーン見ても無視無視。

僕はもう、ぜーったいに働きません！

元E級冒険者のエクス19歳。才能の全てを【効果時間延長】に特化した異才の魔導師は、5年間、年中無休で奴隷のように働く毎日を過ごしてきた。ついに過労で倒れてしまい、玄関先で目を覚ましたある日、ようやく自分の心と向き合う。「こんな仕事、辞めてやるっ！」冒険者を辞めたエクスは、もう働かないことを宣言。これまでエクスの効果時間が異常に長い初級魔法の恩恵を享受してきた連中は、彼の代わりなど誰もいないことに気づいて慌てふためくが、もう遅い。脅してきても、すがりついてきても、ニッコリ笑って全部お断り。「僕はもう、ぜーったい働きません！」働かない宣言をした初級魔導師の新しい生活が、今はじまる！

定価1,320円（本体1,200円＋税10%）　ISBN978-4-8156-0863-7

ツギクルブックス

愛読者アンケートに回答してカバーイラストをダウンロード！


愛読者アンケートや本書に関するご意見、ひつじのはね先生、戸部淑先生へのファンレターは、下記のURLまたは右のQRコードよりアクセスしてください。

アンケートにご回答いただくとカバーイラストの画像データがダウンロードできますので、壁紙などでご使用ください。

https://books.tugikuru.jp/q/202107/mofushira8.html

本書は、「小説家になろう」（https://syosetu.com/）に掲載された作品を加筆・改稿のうえ書籍化したものです。

もふもふを知《し》らなかったら人生《じんせい》の半分《はんぶん》は無駄《むだ》にしていた8

2021年7月25日　初版第1刷発行

著者　ひつじのはね

発行人　宇草 亮
発行所　ツギクル株式会社
〒106-0032　東京都港区六本木2-4-5
TEL 03-5549-1184
発売元　SBクリエイティブ株式会社
〒106-0032　東京都港区六本木2-4-5
TEL 03-5549-1201

イラスト　戸部淑
装丁　AFTERGLOW

印刷・製本　中央精版印刷株式会社

ISBN978-4-8156-0864-4
Printed in Japan